君を取り戻すまで

ジャクリーン・バード 作

三好陽子 訳

ハーレクイン・ロマンス

東京・ロンドン・トロント・パリ・ニューヨーク・アムステルダム
ハンブルク・ストックホルム・ミラノ・シドニー・マドリッド・ワルシャワ
ブダペスト・リオデジャネイロ・ルクセンブルク・フリブール・ムンバイ

NOTHING CHANGES LOVE

by Jacqueline Baird

Published by Harlequin Japan,
a Division of K.K. HarperCollins Japan, 2024

ジャクリーン・バード

もともと趣味は油絵を描くことだったが、家族からにおいに苦情を言われ、文章を書くことにした。そしてすぐにロマンス小説の執筆に夢中になった。旅行が好きで、アルバイトをしながらヨーロッパ、アメリカ、オーストラリアを回った。18歳で出会った夫と2人の息子とともに、今も生まれ故郷のイングランド北東部に暮らす。ロマンティックタイムズ誌の受賞歴をもち、ベストセラーリストにもたびたび登場する人気作家。

主要登場人物

アレクサンドラ・テイラー……ホテルのマネージャー。愛称レクシー。
ジェイク・テイラー……レクシーの別居中の夫。実業家。
ロレイン……ジェイクの個人秘書。
ダンテ……レクシーのボーイフレンド。
シニョール・モニチェリ……レクシーが働くホテルのオーナー。
アンナ……レクシーの部下。
フランコ……レクシーの部下。
ドクター・ベル……レクシーの主治医。
メグ……家政婦。

1

レクシーは自分がどこにいるか一瞬わからなかった。白い壁、狭いベッド、白いシーツ、そして……消毒薬の匂《にお》い！

起きあがろうとしたとき、昨夜《ゆうべ》の恐れが胸を貫いた。彼女は痛みにうめき、カバーをつかんで体を起こした。

私の赤ちゃん。ほんの二十四時間前は私のなかで息づいていた小さな命が、いまはもうない。あんなに気をつけて、できるだけ寝ているようにしたのに、私は大切な赤ちゃんを流産してしまった。彼女はすみれ色の目からあふれる涙を手の甲で拭《ぬぐ》った。

「レクシー、あんまり気を落とすんじゃないよ」

見あげると、慣れ親しんだドクター・ベルの顔があった。ドクター・ベルには生まれてこのかた二十年世話になっているが、その彼も、レクシーの初めての赤ん坊――男の子だった――を救えなかった。

「人生にはどうにもならないことがあるんだよ」ドクターはレクシーの華奢《きゃしゃ》な手を取って、小さな美しい顔をながめた。彼女が生まれたときのことが思い出される。小さくて、鮮やかな赤い髪をした赤ん坊だった。その子は成長して、快活な、信じられないほど美しい娘になった。この数年彼女に降りかかった不幸はまったく理不尽なものだった。一年足らず前の結婚で運勢が変わることを期待したが、それも不発に終わったようだ。野心家の夫は、流産を知らせたにもかかわらず、昨夜顔も見せなかった。

「でも、私はほんとにこの子がほしかったんです」

「十四週で赤ん坊を失うのは悲しいことだが、理由は必ずあるものでね。これは自然が、何か不都合があると知らせてくれているんだよ。君は若くて健康だ。赤ん坊はこれからいくらでもできる。大事なのはあまりくよくよしないことだ」

「そうですね」彼女は平板な、納得していない声で答えた。

「ハンサムなご主人も、まもなくここに来るよ。さっきそこで話をした」

「ジェイクは知っているんですか」

「ああ。いずれは二人ともこのことを悲しい記憶としてだけ考えるようになる。フォレスト・マナー——森の館《やかた》——が元気な子供たちでいっぱいになるころにはね」

外の廊下で声高に言い合う声が聞こえたと思うとドアが開いて、背の高い黒髪の男が急ぎ足で入ってきた。彼はドクター・ベルを押しのけてベッドの脇《わき》に座り、レクシーの手を大きな手で包み込んだ。

「ああ、なんてことだろう！　赤ん坊が君にとってどれほど大切だったか、僕にはわかってる。こんなことになるなんて信じられないよ」

「私のせいじゃないのよ、ジェイク」レクシーは説明しようとしたが、言葉が出てこなかった。彼女はすみれ色の目で夫の整った顔を探った。とかす暇がなかったのか、漆黒の髪は額にかかり、最初茶色に見えるがよく見るとネイビー・ブルーに近い目は、心配そうに妻の顔を見つめている。ジェイクはダイナミックで、活力にあふれていた。レクシーのほうは、胸にぽっかり穴が空いて、死んだような気分だったが。

「ダーリン、何も言わなくていい。僕がここにいる。何もかも僕に任せておけばいいんだよ」

ほんとかしらという言葉が口から出そうになる。昨夜、なぜ来てくれなかったの？　苦悩のなかで何度も彼の名を呼んだのに。でも彼は、取引先とのディナー・パーティを抜けては来なかった。

「アメリカのお客さんとの話し合いはうまくいったの？」

「まあね」握った手がゆるんだ。

「どういう意味？」

「一つや二つ、問題があるってことだ。でも手に余る問題じゃない。君は心配しなくていいよ、レクシー。仕事の心配は僕に任せておけ。大事なのは早くよくなって、一刻も早く退院することだけだ」

「問題って、どんな？」

ジェイクはドクター・ベルのほうを向いて故意に話題を変えた。「僕は妻をハーレー・ストリートの病院に連れていきたかったんですが、妻がどうしても先生にお願いしたいと言い張ったんです。それで、一つ答えていただきたいことがある。昨夜こういう事態になったとき、僕はどうして連絡をもらえなかったんですか」彼は立ちあがり、二人の男たちは向き合った。

「私どもの記録によりますと、当直の看護師が昨夜九時にお宅に電話を入れています。あなたはお出になれなかったが、看護師は電話に出た人に、伝言を必ず伝えるよう念を押したそうです」

「それは信じられません。責任者の方と会って、直接話をさせていただきたい」

レクシーは怒ったジェイクを見たくなくて少しのあいだ目を閉じた。でもそのイメージを振り払うことはできなかった。百八十センチはゆうに超える身長に加えて、荒っぽい男性的な攻撃的性格。彼は、〝赤ん坊が君にとってどれほど大切だったか、僕にはわかってる〟と言った。君に、でなく、僕たちに、と言ってほしかった。そして私を腕に抱いて、昨夜のつらい出来事を忘れさせてほしかった。

「いまここでそういう議論をするのはどうでしょうね、ミスター・テイラー」

「おっしゃるとおりです、ドクター・ベル。でも、これで話が終わったとは思わないでください」

「お願い、ジェイク。言い争いはやめて」レクシーは震える手を差し出した。

「ああ、すまない、レクシー」ジェイクはひざまずいて、ようやく彼女を強い腕に抱いた。「許してくれ、ダーリン、あんまり腹が立ったものだから。君が僕を必要とするときにここにいられなかったのが、くやしくてたまらないんだ。仕事なんか、君に比べたらなんの価値もない。わかってるだろう、ダーリン？」彼は指でやわらかな頬のカーブと目の下のくまをなぞり、唇をそっと重ね合わせた。

「ええ、もちろんよ、ジェイク」レクシーは涙声でささやいた。ほんとうだろうかという思いがまたちらりとよぎる。でも見あげたとき、夫の濃いまつげに滴が光っているのを見て驚いた。

「昨夜真夜中過ぎに電話したんだ。君は眠っていると言われた。そのとき僕が知ってさえいたら」

「いいのよ」でも赤ちゃんのことを尋ねるぐらいしてもよかったはずだ。もし彼がこんなに仕事依存症でなかったら、そうしていただろう。レクシーはその不実な考えを振り払った。「いま来てくれたんだもの。それで充分よ」

二人は長いこと見つめ合った。苦悩、後悔、悲しみ。言葉にならない思いが交差した。

「子供はまたできるよ、ラブ」ジェイクは妻の頭を抱き寄せ、背中をやさしく撫《な》でた。「泣きたかったら泣けばいい。全部吐き出してしまえよ」

レクシーはジェイクの腕に抱かれ、なじんだ匂いに包まれて、胸も張り裂けんばかりに泣いた。涙がかれ果てたとき、彼女はしゃっくりをして、赤く腫《は》れた目を上げた。

「私はもう大丈夫」

「僕ら二人ともだ。僕らは一緒に、どんなことにでも立ち向かえる」ジェイクはやさしく唇を重ねた。

レクシーは彼の首に腕を巻きつけた。これまでにないほど彼を必要としていた。彼の官能的な唇が誘うように動き、舌がエロティックにすべり込んできた。レクシーは、やさしいキスが情熱的なものに変わったのに驚き、反発を感じて体を硬くした。ジェイクはうめいて体を離し、妻の青ざめた顔を見下ろした。

「僕は何をやっているんだ？　君は休まないといけないのに」彼はレクシーを枕《まくら》に戻した。「いつもなんだよ。初めて会った日から、君を見るたびに体が熱くなる。本能をコントロールすることを覚えなくてはね。少なくとも当分は」

　レクシーはほほえんだが、一つの疑問がいつまでも心を離れなかった。ジェイクが私に求めているのはそれだけ？　ベッドのなかのあたたかな体？　そして赤ちゃんができたことは、間違いだったの？

　夕方また来ると言ってジェイクが帰ったあと、ドクター・ベルから明日退院していいと言われた。喜んで当然なのだが、彼女が感じたのは心を麻痺《まひ》させるような疲れだけだった。病院という安全圏を出て家に戻り、ホテルの喧騒《けんそう》と、スタッフたちの同情に向き合うのは気が重くてたまらない。

　なんという変わりようだろう。金曜の午後、私は幸せな母親候補生だった。定期健診のためヨークまで車で出たのだが、先に、フォレスト・マナーで翌日ある予定のディナー・パーティで着るドレスを買いに行った。フォレスト・マナーは彼女の生まれ育った家だが、ジェイクの会社がそれをカントリー・ハウス風のホテルに改造した。いまは西の棟だけが夫婦の住まいになっている。

　運悪く雨が降り出した。病院に急ごうとした彼女は濡《ぬ》れた歩道で足をすべらせて転んでしまった。診察したドクター・ベルは、用心のために一日二日入院したほうがいいと言った。

洗練された大人であり、猛烈な仕事人間である夫に少し畏怖《いふ》の念を持っていたレクシーは、彼におそるおそるそれを伝えた。彼が今夜のパーティの客であるアメリカの大富豪、ミスター・スチュワートと契約を結びたがっているのは知っていた。ミスター・スチュワートは自分の航空会社と旅行会社を持っている。彼がフォレスト・マナーを客たちの常宿にしてくれたら、少なくとも一年の半分は部屋が埋まる。それはずいぶん大きな契約だった。

でも心配することはなかった。ジェイクは、個人秘書のロレインがパーティを取りしきってくれるから、君は体のことと赤ん坊のことだけ考えていればいいと言った。

金曜から日曜までのあいだに、人生はなんと急激に変わってしまったことだろう。濡れた歩道が、私の夢と希望を奪ってしまった。

「さあさあ、元気を出して、ミセス・テイラー」昨夜の当直の看護師が入ってきた。「まだ若いんですもの。時間が傷を癒《いや》してくれるわ。いまは信じられないでしょうけど、ほんとうよ。それから、昨夜私がお宅に電話したことも、ほんとうなのよ。女の人が出て、ご主人に伝えると約束してくれたわ。とてもてきぱきした感じの人だったから、間違いないと思ったのよ」

きっとロレインだろう。「わかりました。信じます。夫は今朝来てくれましたし、何も不都合はありません」

「ご主人にそう言ってもらえるとありがたいんだけど」

看護師はつぶやきながら部屋を出ていった。レクシーは彼女に同情した。ジェイクは自分が不当な取り扱いを受けたと思ったら相手に容赦しない。彼は言葉では太刀打ちできない男だ。レクシーは試みようともしなかった。彼にぞっこんだったから、彼が喜ぶことならなんでもした。

それを思うとよけいに落ち込むのはなぜだろう。赤ちゃんを失って人生がいかに壊れやすいものかに気がついて、ジェイクの言うこと、することを奴隷のように受け入れている自分に疑問を持ったのかもしれない。そんな心騒がせる考えを振り払おうとしていると、ドアが開いて、巨大な歩く花かごが入ってきた。

若い看護師がほっと息をついてそれを床に下ろした。「だれかさんがあなたに夢中みたいですね」彼女はにっこりした。

それはかすみ草と大量のばらを趣味よくアレンジした花かごで、カードに書かれたメッセージはごくシンプルなものだった。〈永遠の愛を。ジェイク〉レクシーは短くほほえんだ。突拍子がなくて、いかにも彼らしい。

ひとりになって、レクシーは花をじっと見つめた。強い喪失感はまだあるものの、ジェイクがいるかぎり、それほど絶望的なことでもないように思えてくる。彼女は二人が初めて会ったときのことを思い出した。レクシーは十九歳で、ロンドンのセント・メアリーズ・カレッジの語学コースの一年目を終えたばかりだった。父親が急死し、彼女は実家に呼び戻された。母はその三年前、父が外交官の職を退いた数週間後に亡くなっていた。ロートン家は代々外交関係の仕事に就いていて、任地に行くとき以外はヨークシャーに住んでいた。

家はフォレスト・マナーと呼ばれる美しい古い石造りの領主屋敷だった。窓がたくさんあって、オークの床と手彫りの壁板が美しいE字形の家で、大聖堂の町ヨークから十キロほど離れた小さな村と村のあいだにある。

けれども父の死とともに、たっぷりあった年金が支払われなくなったうえ、父の個人的負債が相当額あるとわかった。父は長年にわたりロイズ保険協会の個人引受人として、かなりの額の収入を得てきたが、二、三年前、もっと利益を増やそうとして組合を変わった。運悪く結果は逆になり、レクシーは父の借金返済のために屋敷と広い土地を売りに出さなければならなくなった。

　それはよく晴れた七月のある日のことだった。レクシーはポーチに立って、家の前に止まった黒くつやつやと光る車から背の高い男が降りてくるのを見ていた。

「ミスター・ジェイク・テイラーですか？」

「ええ。あなたはアレクサンドラ・ロートンでしょうね。お若いとは聞いていたが、美しい方だとは知りませんでした」

「レクシーと呼んでください。アレクサンドラと呼ぶ人はいませんから」レクシーは真っ赤になって答えた。率直な褒め言葉と、彼の及ぼす圧倒的な影響力にとまどっていた。彼は三十歳ぐらい、広い肩とたくましい胸にぴったりフィットした最高級のビジネス・スーツを着ている。髪は黒く豊かで、顔つきはシャープで厳しかった。野性みあふれる荒削りな顔と、つやのある赤褐色の肌をしている。

「すみませんが、少し急いでいるので、さっそくビジネスに取りかかりませんか」

「は、はい、もちろん」レクシーは口ごもって、彼をホールに導き入れた。「とても日焼けしていらっしゃるけど、イギリスの方ですか？」どうしてこんなことを言ってしまったんだろう！　彼女は真っ赤になった。「失礼しました」

　驚いたことに男は笑い出し、彼女の手を取った。

「ボウ教会の鐘の音の聞こえるところで生まれた生粋のロンドンっ子ですよ。日焼けしたロンドンっ子ですね。もっとも父親は外国人ですが」彼は最後の言葉をからかうように言った。

彼は私を笑っている。でもしかたがない。間の抜けたことばかり言っているんだもの。今日は初めて見込みのある客を迎えるために、身繕いには気をつけた。クリーム色のシャツドレスを着て、黄金色の肌には薄く化粧をした。赤毛には珍しく、彼女の肌は日焼けするのだ。豊かな唇に珊瑚《さんご》色のリップ・グロスを塗り、長いまつげにマスカラをつけると、自分ではすっかり大人になったつもりだった。この人と会うまでは。

「ごめんなさい、よけいなことを言って。どうぞこちらへ。なかをご案内します」また二人の目が合った。レクシーは、彼の目の熱意を足の先まで感じた。頭を振ってみたが、少しもはっきりしない。一時間ばかり家のなかを案内してホールに戻ったときも、彼女はまだ夢うつつのままだった。

「このあと、お時間はありますか？」

「え？　ああ、はい。でも、どうして？」常識が、彼に帰ってもらうべきだと言っていた。レクシーにとって彼はあまりにダイナミックで、男っぽくて、洗練されすぎている。でも愚かにも高鳴る心臓は、彼がいてくれることを願っていた。

「よかった。この辺一帯を見て回りたいんですよ。全体の感じをつかむために。おわかりでしょう」

少しもわからなかったが、一日をこの人とともに過ごすと考えただけで胸が高鳴った。レクシーがいいとも悪いとも言わないうちにジェイクは彼女を車に乗せ、運転席にすべり込んだ。そして電話でロレインなる人物を呼び出し、遅くなると伝えた。相手は決して喜んでいないようだったが。

「さて、これで夜まであなたのお供ができます。よければ明日の朝まで」彼はちらりと笑った。「ハワード城はどっちの方向ですか？　一見の価値があると聞いたのですが」

アフターシェイブのさわやかな香り、セクシーなほほえみ。レクシーはますます強く彼を意識した。男性をこんなふうに意識したのは初めてだった。大学で、人並みに社交生活もあったし、デートも何度かした。でもジェイク・テイラーはほかの人とは違っていた。レクシーはすっかり心を奪われていた。

二十分後、車はハワード城の堂々たる門をくぐり、広い野原のような駐車場に止まった。

「あなたの家から近いですね。これが決め手になるな」ジェイクは気軽にレクシーの肩を抱いて、何一つ見逃すまいとするように周囲に目を走らせた。

続く二、三時間、彼女は夢見心地で歩き回った。ジェイクは肩に回した手を決して離さず、大広間の荘厳な丸天井から、風変わりな子供用椅子まで、興味を引くもの一つ一つを指摘しながら、ひっきりなしにしゃべった。ハワード城はすばらしかった。家具、復元された装飾品、美術品――すべてが秀逸だった。この城は十八世紀の代表的な建造物で、三代目カーライル伯爵によって建てられ、現在に至るまで同じハワード家が所有している。レクシーはこれまでに何度も訪ねているが、今日は連れを強く意識しているためか、その壮大さによけい圧倒される。

ジェイクのほうは城の壮観さと同じほど、観光客の多種多様ぶりに感銘を受けているようだった。アメリカ人や日本人が、ヨーロッパ人と肩をすり合わせている。夏の陽光が降り注ぐ広い敷地を散策しながら、彼は何人もの人たちに話しかけていた。広々とした芝生、美しい湖、サマー・ハウス、丘の上にある家族の霊廟《れいびょう》。テレビ・シリーズ『ブライズヘッドふたたび』の舞台として、ここが世界的に知られるようになったのもうなずける。これはイギリスでも最高の、一般公開された大邸宅の一つだろう。

「何を考えているのかな」

レクシーはほほえんでジェイクのハンサムな顔を

見あげた。「たいしたことじゃないわ。おなかがすいたなと思っただけ。歩いたから、食欲が出たんです」

「僕は君を見てると食欲が出る」ジェイクはかすれ声で言ってレクシーをすばやく抱き寄せ、唇を軽く触れ合わせた。まるで電流にさわったように、震えが背筋を伝った。

ジェイクは肩に手を置いてレクシーの上気した顔を見つめた。「君をひと目見た瞬間から、ずっとこうしたいと思っていた。君は僕の心を騒がせるよ。でもここはそんな話をする場所じゃないな」彼はにっこり笑い、レクシーの腕を取って車に戻った。

ジェイクのようにハンサムで洗練された大人からそんなふうに言われたのは初めてだったから、レクシーはヨークの市内に向かう車のなかでも何を言っていいかわからず黙っていた。でも不思議に二人のあいだの空気は親しみやすいもので、ヨークに着くころには彼女もいくらか気が楽になっていた。

荘厳な大聖堂の内部やシャンブルズ通りを手に手を取って歩くのは、ごく自然なことに思えた。やがて二人は〈ぶどうの小道十九番館〉というユニークな名前の小さなフランス料理店に入った。ジェイクは彼の選んだ料理――パスタの上にソテーしたサーモンをのせて赤ワインのソースをかけたもの――を前に、フォレスト・マナーについての計画を熱っぽく語った。彼はそれを買い取ってホテルにしたいという。そして実行の可能性を調査するあいだ一、二週間、売り出しをやめてくれないかと頼んだ。

彼の頼みなら、なんだって聞いただろう。だってレクシーは、生まれて初めて恋に落ちていたから。

絶望的に、救いようもなく。

「ごめん。仕事の話ばかりして、すっかり退屈させてしまったね」いたずらっぽく笑う彼は、何歳も若く見えた。

「いいえ、とってもすてきだったわ」レクシーが静かに言うと、彼の目が色濃くなり、きらりと光った。レクシーの心は燃えあがった。ジェイクは彼女の夢見る男性のすべての要素を兼ね備えていた。何よりいいのは、彼も同じ気持ちらしいことだった。おやすみのキスと、明日また来るという約束になんらかの意味があるとすれば。

彼女ののぼせあがりに水をかけたのは弁護士のミスター・トラヴィスだった。彼は売り出しを一時やめるのは賢明とは思えない、テイラー・ホールディングという会社も、ジェイク・テイラーもよく知らないから、まず調査するほうがいいと言った。レクシーはしぶしぶ従ったが、ジェイクのことは一瞬たりとも疑わなかった。

どうして疑ったりできるだろう。すばらしい日曜日を過ごし、月曜の朝にはまた会う約束をしているというのに。

車の音に、レクシーは玄関を飛び出していった。でもジェイクはひとりではなかった。はっとするような栗《くり》色の髪の美人が、彼の腕につかまっていた。彼はロレインを、個人秘書であり仕事上の片腕だと紹介した。でも秘書の目には、明らかに所有者然とした誇らしげな光があった。

ジェイクはレクシーの気持ちを読んだとみえ、ロレインの手を振り払ってレクシーに耳打ちした。

「ただの部下だよ。僕にとっては君が唯一の女性だ。わかるね？」レクシーは了解した……。

ジェイクは電話をかけるところがあるからと席を外し、そのあいだにレクシーがロレインを案内することになった。

やきもちをやく理由がなくなったので、レクシーは気楽にロレインとの会話を楽しみ、これまでの人生について、あらいざらい話した。ロレインのほうも、ジェイクとは高校時代からの知り合いで、彼のもとで働くようになって六年だと話した。二階のベッドルームを見るころには、レクシーはすっかり打ち解けていた。

「すてきなお屋敷だからジェイクが関心を持つのも無理はないわ。むしろあなたが売りたがってることのほうが驚きよ」ロレインが言った。

「売りたくはないわ。でも維持するのが無理なの。いますぐ私が億万長者と結婚でもしないかぎり」冗談を言ったつもりだったから、レクシーは、ロレインの目に軽蔑《けいべつ》の光が宿ったのに気づかなかった。

「働くことは考えないのね。お嬢さん育ちの人って、みんなそうだけど」

ロレインの声に刺《とげ》があるのに驚いて、レクシーはぱっと振り返った。でも返事をしようとしたときジェイクが戻ってきて、会話の流れが変わってしまった。

次の週末ジェイクはプロポーズし、レクシーは夢見心地で承諾した。そのニュースを聞いたロレインは、月曜の朝すぐに電話をしてきた。

「ずいぶん賢く立ち回ったつもりのようね、ミス・ロートン。〝いますぐ億万長者と結婚する〟道を選んだわけ？　弁護士が調査をしたそうじゃないの。ジェイクが聞いたら決して喜ばないでしょうね。ジェイク・テイラーの経済的可能性を疑った人なんていないわ。どこかの金目当ての田舎娘が金持ちの夫を探してるからって、取引銀行から問い合わせがあったりしたら、彼もうれしくないでしょうよ。私があなたなら、彼と結婚できるなんて思わないわね」

レクシーはショックのあまり返事ができなかった。でも億万長者うんぬんと言ったことは事実だ。彼女はジェイクに自分の発言の弁明をした。ジェイクはすぐに彼女の恐れを笑い飛ばした。ロレインは育ちのせいでひがんだところがあり、生まれつき疑い深い性格でもあるのだ。ロレインが何を言おうと、僕は君が美しくて純粋な女性だと確信している。ジェイクは長くて甘いキスでレクシーを納得させたあと、ロレインは有能で忠実な秘書だが、彼の仕事に関しては少々過保護なのだとつけ加えた。「ミスター・トラヴィスが僕の信用度を調査したことについては、有能な弁護士なら当然することで、心配するには及ばない。僕たちの結婚を妨げるものは何もない」

二人は出会って三週間後に、ヨークの登記所で式を挙げ、すぐにハネムーンのためパリに飛んだ。

八月のパリは、空が輝くばかりに青くて、それはそれは美しかった。夜は〈マキシム〉で食事して、セーヌ川とノートルダムを見晴らす小ぢんまりした贅沢《ぜいたく》なホテルに戻った。

ジェイクは笑いながら彼女を抱きかかえて、スイートの敷居をまたいだ。「僕たちの〝愛の週末〟の準備はいいかな、ミス・ロートン？」彼はからかい、レクシーは一緒になって笑った。

ヒースロー空港で、レクシーのパスポートが旧姓のロートンのままになっていたことでひと悶着《もんちゃく》あったのだ。航空券はテイラー夫妻になっていたからだ。結局チケットをロートンに書き直して出発したのだが、ホテルでも同じパスポートをフロントに出すことになった。レクシーはふしだらな女に見られるのではないかと心配したが、ジェイクはずいぶん古風だなと一笑に付した。

「ロンドンに帰ったら真っ先にパスポートの変更をしないとね」彼女もくすくすと笑って言った。でもあとになって、そうしないでよかったと思った……。

ジェイクは彼女を抱き寄せてささやいた。「やっと僕のものになってくれた。永久に僕だけのものだ。僕の美しい、ゴージャスな奥さん」

ジェイクは彼女の目や、顔や、喉にキスの雨を降らせながら、ターコイズ・ブルーのシルクのドレスを脱がせた。

レクシーはため息をついて彼の肩に腕を回し、なす術《すべ》もなく溶けていった。この人は私の夫。愛する人。彼女は全身でジェイクを欲していた。

ジェイクは彼女をやさしく抱きあげて、古風な四柱式ベッドにそっと横たえた。愛と憧憬《しょうけい》が、彼女の汚れのない美しさをさらに輝かせている。

ジェイクはうやうやしく彼女の上に屈《かが》み、最後のレースの小片を取った。レクシーは恥ずかしさと、予期せぬ乙女らしい恐れとで、体が熱くなるのを感じた。

「君は僕の妻、僕の愛する人だ。僕は決して君を傷つけないよ。約束する」ジェイクはすばやく自分の服を脱ぎ去った。

レクシーの唇から感嘆の声がもれた。ジェイクはすばらしかった。広い肩は磨いたマホガニーのように輝き、胸の筋肉はそれをおおうやわらかな毛のためによりたくましく見える。彼の欲望の証《あかし》を見て、レクシーはいっそう顔を赤くした。

「怖がらないで。僕を信じてくれ、ダーリン」

そしてレクシーは信じた。

最後の垣根を越えたとき、短い痛みはすぐに純粋なエクスタシーに変わった。「ジェイク」レクシーは彼の名を、彼への愛を叫んだ。二人は一緒に高みに上り、そのあとジェイクは彼女の首元に顔をうずめて、かすれた声で何度も愛を誓った……。

レクシーはゆっくり目を開けた。やわらかで官能的なほほえみが浮かぶ。「ジェイク」すみれ色の目が屈み込んでいる浅黒く精悍《せいかん》な顔を見つめる。手を伸ばして、レクシーはまばたきをした。ジェイクはセーターを着ている。目を閉じるとすべてがよみがえってきた。私は病院にいる。ほほえみが顔から消えた。私の赤ちゃんが……。

「レクシー、大丈夫か?」

「ええ、ええ、大丈夫よ。ちょっとうとうとしただけ」彼女はベッドに起きあがった。

「ロレインが申し訳なかったと言っている。昨夜は彼女が伝言を聞いたそうだ。そのあとちょっとした変更をミスター・スチュワートが言い出して、議論になったから、伝えるのを忘れてしまったらしい。そのことで彼女を解雇すべきだとわかってるし、君がそう言うならするよ。でも、一部の責任は僕にもある。議論が白熱していたからね。ロレインは仕事上の伝言なら忘れることはないが、仕事以外のことはそれほど重要だと考えないんだ」

「私のために彼女を首になんかしないで。謝罪はたしかに受け入れたと伝えてちょうだい」見あげると、ジェイクはぼんやり宙を見つめていた。その表情はどこか上の空だった。レクシーは初めて、彼とロレインとの関係はどうなっているのだろうと思った。

「君はとても寛大だね、レクシー。昨夜電話したとき、僕はすべて問題ないと勝手に確信してしまった。一方、電話に出た看護師は、僕がもう知っているものと思ってたんだね。君がそれを失ったことを」

　それ。ジェイクは私たちの赤ちゃんのことを〝それ〟と呼んだ。どうしてこんなに鈍感でいられるのだろう。「それはたいして重要なことじゃないわ。仕事さえうまくいけば。何もかもなくしたわけじゃないし」レクシーは皮肉たっぷりに言ったが、ジェイクには伝わらなかった。

「ありがとう、レクシー。君は心の広い人だね。早くよくなって帰ってきてくれ。君がいなくて寂しいよ。きっとこれからは何もかもうまくいく」ジェイクは指で彼女の頬をなぞった。「ほら、笑って」

「明日退院するわ」レクシーは笑おうと精いっぱい努力した。

「よかった。なんならロンドンに帰って、大学に復学してもいいよ」

レクシーは叫び出しそうになった。新婚のころはロンドンに住んでいたが、ジェイクは家にいてほしいようなことを言った。語学の学位はいらないだろう、僕が愛の学位をあげるからと。ジェイクが昼休みに大急ぎでアパートに戻ってきて、何時間もベッドで過ごすことも多かった。彼らはよくヨークシャーまで車を飛ばして、フォレスト・マナーの改装工事の進み具合を見た。イースター前にホテルが完成すると、二人はヨークシャーに引っ越した。ジェイクは家の書斎からでも仕事はできると言った。ロンドンのオフィスはロレインが引き受けてくれるからと。新しい住まいはすばらしく、レクシーはこの数カ月楽しくホテルのフロント業務を手伝った。

　でも、私はほんとに楽しかったのだろうか。それともジェイクへの嫌悪感は、赤ちゃんを亡くすずっと前から芽生えていたのだろうか。妊娠が明らかになった数週間後、ジェイクは突然、仕事が忙しくなったからと週日はロンドンで過ごし、週末だけヨークシャーに戻る生活になった。でもレクシーには田舎に残れと言った。妊娠中のいまは、そのほうが彼女のためになるからと。

　でも、いまジェイクは大学に戻ったらどうかと勧める。まるで何事も起こらなかったかのように。

　レクシーはハネムーンのときジェイクに、ロレインと男女の関係だったことがあるのかときいてみた。ジェイクはまさかと言い、笑い出した。でもレクシーには、何がおかしいのかわからなかった……。

2

レクシーは事故の前と同じジーンズとTシャツを着てベッドの端に座り、夫を待っていた。これでもう百回ぐらい窓の外を見ている。空高く上った太陽は、病院の建物をばら色の光で包んでいるが、そのあたたかさはレクシーの冷たい心にまでは浸透してこない。

ジェイクが飛び込んできた。「すまなかった、ダーリン。ロレインと僕で取引先と電話会議をしてたんだが、それが長引いてね。ここの通信機能の効率の悪さときたら信じられないぐらいだよ。何度途中で切れたかわからない。こういう景気後退の時代に事業の成功を維持するには、スピードと能率が不可欠なのに」

それが、そんなに大事なこと？　五分後レクシーは、ジェイクの車のなかでぼんやり考えていた。

「ロレインが、一週間か二週間毎日メグに来てもらうように手配した。すっかり回復するまで、君には何もしてほしくないんだ」

ロレインはこのところずいぶん私の生活の手配をしていると、レクシーは苦々しく思った。「そんな必要はなかったのに。私は流産しただけよ。片足をなくしたわけじゃないわ。早く仕事に戻ったほうがずっといいのに」

「レクシー、ロレインはただ力になりたいと思ってるだけだよ。あの晩伝言を忘れた埋め合わせをしようとしてるんだ。君はショックを受けたんだから、必要なのは……」

「ジェイク、私に必要なことは自分でわかってるわ。できるだけ早くふつうの生活に戻ることよ。だから、お願い。私をほっておいて」

ジェイクは家の前で車を止めると、レクシーの青ざめた、決然とした顔をながめた。「君には休息が必要だ」そしていきなり彼女を抱きあげると、ベッドまで運んでいった。

「医者は感情の揺れが激しいかもしれないから用心しろと言ったよ、ダーリン。いくらでも文句を言ってくれていいが、僕の言うとおりにはしてもらう」ジェイクは尊大に言い、彼女の額に軽く口づけした。「何かほしいものはあるかい？」

赤ちゃんを戻してほしい……でもそれを口にはしなかった。「いいえ、大丈夫。あとで階下《した》に下りていくわ」

「いい子だ。子供はまたできるよ、レクシー。時間はたくさんあるんだから」彼はほほえんだ。

レクシーも弱々しく笑い返したが、ジェイクと出会って以来初めて、彼が出ていくのを見てほっとした。

メグは、とても同情的だった。紅茶を運んできてレクシーを起こし、夕食ができていると知らせた。メグはレクシーがものごころつくよりも前からフォレスト・マナーの通いの家政婦をしている。

「この家じゃ、何もかもうまくいかないみたい。そうじゃない、メグ？　お母さんもここで亡くなって、次はお父さん、それから私の赤ちゃん。もし私がロンドンにずっと住んで、ここに帰ってこなかったら、赤ちゃんを失わずにすんだかもしれない」

「おかしなことを言うんじゃありませんよ。さあさあ起きて着替えて、だんな様のお世話をなさい。あの黒い目の性悪女にうろうろされるのは不愉快ですからね。そうでしょう？」

レクシーはくすくす笑った。ロレインに対するメグの見方に同感だった。ロレインは美人で洗練されているし、有能なビジネスウーマンだが、彼女といるとなんとなく背筋がぞくぞくする。ジェイクは彼女との関係を否定するけれど、ロレインが彼にアタックしなかったかというと、それはおおいに疑わしい。

夕食もロレインと一緒ではリラックスできなかった。ジェイクは一生懸命会話を弾ませようとするのだが、レクシーはイエスかノーで答えるのがやっとだった。やがてほかの二人はジェイクがいまかかわっているドックランズの開発について討論を始め、レクシーは話題から取り残された。

「ほんとにその契約を取りたいなら、決心しないと、ジェイク。電話会議だけじゃだめよ。遅くとも明日にはロンドンに帰っていなければ」

「いまはだめだ。僕はどこにも行かないよ。心配するな、ダーリン」彼はレクシーに言った。

何か自分の知らないことが起きているという感じがする。でもいまはどうでもよかった。「メグと一緒だから平気よ。しばらくひとりになりたいぐらい。どうぞロンドンに行ってちょうだい」

「それじゃ決まりね」ロレインはてきぱきと言った。「あなたは過保護なのよ、ジェイク。食事がすんだら私はロンドンに戻って、明日のミーティングの手配をするわ」

ジェイクはレクシーの目を見つめた。「君は精神的に打撃を受けている。僕の支えが必要なんだ」

支えが来るのは、少し遅すぎたようだ。彼はほとんど子供のことに触れない。男の子だったのを知っているのだろうか？ わからない。どうして自分が彼の言葉に素直になれず、怒りと嫌悪を覚えるのかもわからない。

レクシーは夫に手を差し伸べて、どこにも行かないで、抱いて慰めてと頼みたかった。でも心の奥底で、彼女は罪の意識を感じていた。赤ちゃんを亡くしたのは、私のせいだ。私には、こんなふうにやさしく心配してもらう資格はない。だから私にできる精いっぱいの償いは、彼の仕事の邪魔をしないことだ。

「ねえ、ジェイク」ロレインがいらだたしげに口を出した。「レクシーは流産しただけよ。よくあることだし、みんな乗り越えているわ。むしろよかったとも言えるんじゃない？　これから数カ月は、猛烈に忙しいでしょうから、子供に割く時間はあまりないわ。来年のほうがずっといいわよ」

レクシーはロレインの無神経さが信じられなかった。けれども彼女は、夫の目のなかにちらりと安堵《あんど》が浮かぶのを見た。それから、彼は激怒した。

「ばかなことを言うんじゃないよ、ロレイン。君は優秀なビジネスウーマンかもしれないが、女性としては失格だ。どうしてそんなに薄情になれるんだ？　あれは僕の子供でもあったんだぞ」

「あら、ごめんなさい」ロレインはゆっくり言って立ちあがった。「今夜ロンドンに発《た》つなら、支度しないと。あとでうちに電話して、どう決めたか知らせて」彼女は部屋を出ていった。

レクシーはうなだれて皿の料理をつついた。喉が詰まって何も言えなかった。ジェイクの手が肩にかかった。

「すまなかった、レクシー。ロレインの言ったことは気にしないでくれ。彼女は秘書としては完璧《かんぺき》だが、家庭や家族のこととなるとまるで無関心なんだ。無神経なことを言うのもわざとじゃないんだよ。さあ、二階に戻ろう。僕が連れていくよ」

「自分で歩けるわ」

「わかってる、ダーリン。だけど僕にやらせてくれ。いいだろう？」ジェイクは力強い腕に妻を抱きあげた。「僕はなす術《すべ》がないというのがいやなんだ。でも赤ん坊を失って、そんな気分になっている」

レクシーの目に涙がにじんできた。ジェイクも私と同じくらい傷ついているのだ。

　ジェイクは彼女をベッドにそっと下ろし、長いことじっと抱いていた。レクシーは彼の胸に顔をつけて、頬に規則正しい鼓動を感じていた。それが不思議に安らぎを与えてくれた。

「僕は君のためにずっとここにいるよ、レクシー。わかってるね？」

「ええ、ええ、わかってるわ。でもロレインの言うとおりよ。仕事は大事だから、どうぞロンドンに行ってちょうだい。いつだって電話で話せるんだもの。そうでしょう？」

「僕はどこにも行かないよ」彼はやさしく口づけした。「何もかもうまくいく。だがいまはベッドに入って休むのがいちばんだ。僕もあとから行くよ」

　何もかもうまくいく——でもなぜかレクシーは、結婚以来初めて、あまり確信が持てなかった。

　しばらくしてレクシーは明るさで目を覚ました。ジェイクが裸でバスルームから出てくる。レクシーは嫌悪にも似た感情で、筋骨たくましい彼の体を見ていた。彼は申し分ない。男らしく、活力にあふれている。けれど彼の息子は死んだし、私は落伍者《らくごしゃ》のような気分になっている。

　ジェイクが横にすべり込んできて彼女を腕に抱き寄せたとき、レクシーは抵抗しなかった。頼りになる腕がありがたかった。でもそれは、彼が性的に興奮しているのに気づくまでのことだった。レクシーは怒って彼を押しのけた。「信じられない。どうしてそんなことができるの？」

「黙って、レクシー。僕は何もしようと思ってないよ。だけど君はいつもこういう影響を及ぼすんだ。君のまなざし、ほほえみ、あるいは君がそこにいるだけで、僕の体は反応する。それにここ数日、君のいない夜があっただろう。しばらくじっとしていてくれ。まもなく僕も静まる」インディゴ・ブルーの目にからかうような光が宿った。「もちろん、僕が静まるように君が手助けしてくれるなら別だが」

レクシーは彼の言わんとすることを正確に理解した。彼女が妊娠するまで、二人は完全な性的関係を楽しんでいた。ジェイクはセックスについてのすべてを教え、彼を喜ばせる方法も教えた。けれどいま、この状況では、それがレクシーには嫌悪すべきものに思えた。彼女はジェイクを押しのけて、ベッドの端まで体をずらした。

「何よ！　一度ぐらいその貪欲《どんよく》な欲望をコントロールできないの？　ぞっとするわ」ジェイクの体がこわばるのがわかった。でも彼を傷つけることになってもかまわないと思った。自分自身があまりにも傷ついていたから。

「冗談を言ったんだよ。君を元気づけたくて。僕だって君と同じぐらいつらいんだ。何をどうしたらいいかわからない」

「だったら予備の部屋を使って。ゆっくり眠りたいから」

「本気か？」ジェイクは起きあがって、彼女の両肩をつかんだ。「ほんとにそうしたいのか？　君のためなら、僕はなんだってするよ」

ほんとうはそんなことはしたくない。彼の腕のなかで胸に頭をもたせかけて眠りたい。愛してる、赤ん坊を失ったのは君のせいではないと力づけてほしい。でも、それは言えなかった。レクシーは彼を見あげ、小さな、こわばった声で言った。「ええ、ひとりになりたいわ。もしかまわなければ」レクシーは彼の顔に苦痛がよぎるのを見た。でも彼はすぐにそれを抑えた。

「ドクター・ベルが君の望みどおりにするようにと言った。だから、そうするよ」彼はキスしようと頭を下げた。けれどレクシーはわざと顔をそむけた。彼の唇は頬をかすっただけだった。「おやすみ、ダーリン」数秒後、ドアが静かに閉まった。

私は何をしたんだろう。なぜあんなことを？　わからない。ジェイクがいないベッドは、大きすぎて寂しかった。涙がゆっくりとこぼれ落ちた。私はいったいどういう人間になってしまったのだろう。レクシーは疲れ果てて眠りに落ちながら、その答えを探すのをあきらめていた。

続く数週間、レクシーは自分だけの世界でさまよっていた。もちろん実生活ではふつうに行動していたが、精神的には無感覚になっていた。子供を失ったという罪悪感に取りつかれていたのだ。ジェイクすら彼女の心を開くことはできなかった。

退院した日の翌朝、結局ジェイクはロンドンに行かなかった。水曜日の晩、彼は妻を食事に誘った。初めてデートした〈ぶどうの小道十九番館〉だ。でもレクシーには高級料理も砂を噛《か》むのと同じだった。ジェイクが帰ろうと言ったときは、ほっとした。

寝室でレクシーが寝る支度をしていると、ジェイクが入ってきた。彼はシャワーを浴びたばかりのようで、濡《ぬ》れた黒い髪を撫《な》でつけ、黄金色の体にタオルを巻いていた。彼はすべての女性にとって理想の恋人だろう。でもレクシーには脅威だった。彼女は警戒した目で前に立った夫を見た。

「レクシー、僕らは話し合わなければならない。別室で寝るのが長引きすぎて、このままじゃ習慣になってしまうよ」

レクシーは体をこわばらせた。

「誤解しないでくれ、スイートハート。セックスがまだ早すぎるのはわかってる」

「お心遣いをどうも」彼女は冷たく言った。

「僕を信じてくれ。でも、別々に寝るのは問題の解決にならないよ。君には配慮と慰めが必要だ」

「いまは、まだいや」

「じゃあ、いつならいいんだ？　君はほとんどしゃべらないじゃないか」

「しゃべってるわ。今日は三時間ぐらいフロントに立ったの。とても楽しかった」今日はフランス人の団体客が来た。しばらくのあいだ仕事ができて、体中活気づいた気がした。

「知らない人間とは話せても、夫とは話せないのか？　お願いだ、レクシー。そろそろ殻から出てきてくれ」ジェイクの濃い青の目に怒りがちらりと浮かんで消えた。「難しいのはわかってる。でも僕たちは、なんとか忘れるようにしなければならないよ。初めて会ったとき僕は、君の美しさやセクシーさにもまして、君の生への飽くなき欲求、生き生きした生命力に惹《ひ》かれた。一度のつまずきで生気をすっかりなくしてしまわないでくれ。僕はもとの君を取り戻したい。できるだけ早くふだんの生活に戻りたいんだよ」

「だったら、あなたは明日ロンドンに戻るべきよ。この二カ月ばかり、あなたはずっとロンドンにいて、週末だけ帰っていたでしょう。それが私たちのふだんの生活なのよ」レクシーはジェイクの目が暗く陰り、体がこわばるのを見た。彼が〝僕には君が必要だ〟とつぶやいたような気がしたが、たぶん聞き間違いだったのだろう。

「わかった。君の言うとおりにするよ」ジェイクは所有欲をあらわにした唇を押しつけて、突然立ちあがった。「仕事が僕を必要としているのは確かだ。たとえ君がそうでなくても」彼は出ていった。広い肩をがっくりと落として。

ジェイクはロンドンに戻り、レクシーは規則正しい生活に戻った。彼女は毎日フロントで数時間働き、週末にはジェイクが戻ってきた。

ジェイクは妻を食事や観劇に連れていった。ハワード城で一日過ごすこともあった。でも何をしても彼女を無気力状態から引っ張り出すことはできなかった。依然として寝室は別々だった。メグも説得しようとした。夫を一週間ずっと美人のロレインと一緒にしておくのはばかだと。でもレクシーは聞く耳を持たなかった。ジェイクがレクシーと寝るかもしれないなんて、前からあった疑惑だ。

私は努力したわ。少しばかり私が静かだからってどうだというの？　あれだけ苦しんだんだもの、そのくらい許されるはずよ。そして彼女は悲しみに身を包んだ。

レクシーはそろそろと目を開けて寝返りを打った。隣にジェイクの男らしい体がないことに、後悔に似た寂しさを感じる。彼女は起きあがって部屋を見回した。ほんの数カ月前、改装が終わったばかりのころ、この部屋は彼女の誇りであり喜びだった。インテリアも自分で選んだ。ピーチとクリームのソフトな色調はマホガニーの重々しいアンティーク家具のおかげで女性的になりすぎるのが抑えられている。太陽光線が部屋いっぱいに差し込む、晴れやかな夏の日だった。今日は水曜日、ドクター・ベルの健診日だ。そして明日は私たちの最初の結婚記念日。

ドクター・ベルは彼女をひと目見て、何が問題なのかときいた。レクシーは思いのたけをすべて打ち明けた。赤ん坊を失ったことへの罪の意識、セックスに対する嫌悪感、そしてジェイクとロレインの関係に疑いを持っていることまで。三時間後、たくさんのいいアドバイスをもらって――たとえば旅行に出るとか――レクシーは列車に乗り、ロンドンに、ジェイクのもとに向かっていた。

夏の太陽に照らされたパッチワークのような田園風景が窓の外を過ぎ去っていくのを見ながら、レクシーは、永い眠りから覚めたような気がしていた。いや、悪夢と言ったほうが当たっているかもしれない。ドクター・ベルは何もかも説明してくれた。いまはホルモン機能が低下しているうえ、赤ん坊を亡くした罪悪感もあって精神不安定になっている。疑い深くなったり、不合理な考え方をしたり……。でも流産のあとはだれでもそういう反動を経験するものだ。それを聞いて、レクシーは急に元気になった。

　レクシーは何週間ぶりかでていねいに身繕いした。赤い髪は炎のように輝き、カールしながら背中に流れている。ミント・グリーンの袖《そで》なしドレスはしなやかな体に添い、膝上丈のスカートが形のいい脚を惜しげなく見せている。パスポートの入った白いクラッチバッグは小脇《こわき》に、急いで詰めたスーツケースは棚の上にのっている。突然行ってジェイクを驚かすつもりだった。そして仕事を有能なロレインに任せて、週末までパリで過ごそうと説得する。二度目のハネムーンは、きっと完璧だ……。

　最初のつまずきは、列車がキングズ・クロス駅到着三十分前に急停止したことだった。駅に爆弾を仕掛けたという脅迫があったらしい。もっと悪いことに雨まで降り出し、それがノアの洪水並みの嵐《あらし》に変わった。レクシーは腕時計を見てため息をついた。これではオフィスで彼をつかまえるのは無理だ。でもアパートのほうに行けばいい。私たちは新婚のころ、あそこで幸せな時間を過ごした。

　レクシーは二人がとても仲よかったころのことをうっとりと思い返した。ジェイクは自分の生い立ちをすべて話してくれた。彼は独立独歩の人間で、正式な結婚で生まれた子ではない。でも何より運がよかった。彼の母親はヨーロッパを旅行中に既婚の男性と恋に落ち、ジェイクを身ごもった。父親は母子のためにロンドンにビクトリア調のテラスハウスを買い、毎月小切手を送ってきたが、彼自身が姿を現すことはなかった。ジェイクが十六になったとき、送金がとだえ、父親が亡くなったことが確認された。

ジェイクは学校を卒業して建築関係の仕事に就き、四年後に母が亡くなったあと、自分の家をアパートにし、それを足場にビジネスに乗り出した。

　パリのホテルで裸で寝そべりながら、レクシーは三十歳で大富豪になった立志伝中の人と彼をからかった。彼は笑って答えた。「もし君が、ロレインが言うように僕の金目当てで結婚したんだったら、がっかりすると思うよ。僕は儲《もう》けた金を全部再投資してるから。書類上の金持ちは、必ずしも手持ちのキャッシュに潤沢じゃないんだ。でも心配するな。君を飢えさせはしないよ」彼はレクシーの上に屈《かが》み込んで、かすれた声で言った。「いつでも僕を食べてくれ、ダーリン」

　列車がいきなり動き出して、レクシーは夢想から覚めた。一時間以上の遅れだ。でも、まもなく夫に会える。彼女はひそかな喜びを噛みしめた。

　駅からタクシーに乗る前に、夫のお気に入りのアフタージェイブを買った。結婚記念日のプレゼントとしては特に独創的ではないが、いま手に入るなかではいちばん喜んでもらえそうだ。

　タクシーを降りると、降りしきる雨のなかをアパートの玄関まで走った。晴れやかな夏の午後がどしゃぶりの風雨の夜に変わったが、彼女の高揚した精神は、そんなことでへこまなかった。

　レクシーはかぎを出してドアを開け、深紅の厚いカーペットを敷いた小さいホールに入っていった。電話のテーブルにプレゼントの包みを置き、居間のドアに手を伸ばす。ドアは閉まっておらず、触れただけで半分開いた。そして、レクシーは凍りついた。

　ジェイクはもう帰宅していた。でも彼はひとりではなかった。大きな観葉植物が並んでいるので、その向こうの一段低くなったラウンジのソファに並んで座っている二人は、ドアからは一部隠れている。

　ジェイクとロレインだった。脇のテーブルにはワインとグラス。もっと悪いのは、二人ともタオル地の部屋着を着ていることだった。

レクシーはショックで呆然《ぼうぜん》としていた。雨の滴が長い髪を伝い、背筋を流れていく。薄いドレスでは外の嵐に太刀打ちできなかった。でも、心の嵐はもっと吹き荒れている。レクシーは自分のまわりで人生が音をたてて崩れていくのを聞いていた。

「だめだよ、ロレイン。レクシーにはとても言えない。少なくとも、いまは。彼女は子供を亡くしたばかりなんだよ！　きっと傷つくに決まってる」

「そんなのおかしいわよ、ジェイク。彼女もいつかは知らなければならないんだし、もしあなたが言わなくてもいずれわかるわ。そうなると彼女はもっと傷つくわよ。こういうことを秘密にするなんて不可能よ」ロレインの赤い爪が、ジェイクの腕をつかんだ。レクシーは殴られたようにひるんだ。「言ったでしょう、ジェイク。あなたは過保護すぎるって。彼女は二十歳《はたち》の大人よ。子供を失って、人生は甘美で明るいばかりでないと知ってるわ。こういうことは起こるものだし、それについて、だれもどうにもできないのよ。損失を減らして、もう一度やり直すのよ」

「君にはわからないんだ。結婚したとき、僕はレクシーに約束したんだよ。彼女になんて言えばいいんだ？　すまない。状況が変わった。約束を破らなければならない。理解してくれと言うのか？」

「彼女は理解するわよ、ジェイク。一文無しにするわけじゃなし。彼女は会社の名義上の共同経営者で、あなたの財産の半分は彼女のものだわ。私としては、前から彼女は財産狙《ねら》いだと思ってたの。自分自身が金持ちになるチャンスに飛びつくわ。私だって彼女の立場ならそうするでしょうからね」

「レクシーはずっと箱入り娘だったんだ。君とは違うよ。君が有能な秘書なのもそのためだ。君はどんな男よりタフだし、心底合理主義者だ。だがレクシーはそうじゃない」
レクシーにとっては、もう充分だった。〝一文無しにするわけじゃなし〟という言葉が頭のなかでがんがん響いた。夫と秘書は深い関係になっている。彼らは私とどうやって離婚するか話し合っているのだ。きっと二人は私が彼と出会うよりずっと前から男女の仲だったんだわ。突然何もかもがはっきりした。ジェイクはフォレスト・マナーを手に入れるためだけに私と結婚したのね。

私は彼が父の負債を払ってくれて、フォレスト・マナーはそのまま自分たちの家になると思っていた。でもジェイクはすぐにその勘違いを正し、自分たちの住まいを残して、あとをホテルにする計画は変わらないと言った。レクシーは彼を深く愛していたから、もちろん同意した。

いま思えばたくさんの小さなことが意味をなしてくる。最初ホテルが完成したとき、ジェイクはヨークシャーでもロンドンと同じように仕事ができると言った。でも妊娠がはっきりしてほとんどすぐに、急に仕事が忙しくなって、週日はロンドンにいるようになった。ジェイクはホテルが完成して利益を上げるようになったとたんに、この結婚をやめたくなったのだろう。この二人が妊娠に否定的だったのも当然だ。私が子供を亡くして悲しみに沈んでいたとき、夫はほっとして陰で笑っていたのだ。その思いがレクシーに次の行動に移る勇気を与えた。

彼女は肩をいからせて前に進んだ。二人のいるラウンジには下りなかった。高みから見下ろすほうが、優越感を感じていられるからだ。たとえそれが幻想にすぎなくても。

最初に気づいたのはジェイクだった。「レクシー、どうしてこんなところにいるんだ?」浅黒い顔がほてっている。彼は珍しく動揺して、ガウンのベルトに手をやった。

「学校時代の友達のキャシーと旅行に出かけると言いに来たの。でも、あなたたちの話を聞いてしまったわ」ジェイクの横に立ったロレインを見て、レクシーは胸が詰まった。ロレインはレクシーのガウンを着ている。彼女には小さすぎて——男の見地からすればちょうどいいのだろうが——大きな胸がこぼれそうになっている。

「レクシー、説明させてくれ」

レクシーは歩いてこようとするジェイクを制した。

「必要ないわ。全部聞いたから。幻滅させて悪いけど、あなたは間違ってるわ。私はあなたが約束を破ったって、なんとも思わない。ロレインの言うとおり、お金をもらうほうがいいから」

ジェイクの顔に安堵が広がった。「全部聞いたって？　それでかまわないのか……？　ありがたい！　君にどうやって言おうかと恐れてたんだ。このところずっと落ち込んでいたから。これは乾杯ものだな。みんなで祝杯をあげよう」

祝杯ですって？　なんて無慈悲で冷酷な男だろう。でも、驚くには当たらない。目の前にいる二人は、私にはとても太刀打ちできないつわものなのだ。たぶん私も心の底では、ずっと前からわかっていたのだろう。

「悪いけど時間がないの。タクシーを待たせてるから」

「ばかな。このまま行かせるわけにいかないよ。旅行に行くなんて聞いてなかったぞ」

ジェイクが伸ばした手を振り払い、レクシーはスーツケースをつかんでドアに突進した。

「待ってくれレクシー。もっとちゃんと話を……」

「何も言わないで。あなたは約束を破った。だから今度は私が約束を破るわ。戻ってロレインと祝杯をあげなさいよ」レクシーはまっすぐ彼を見た。「私はもう、あなたとは二度と会いたくない」

たとえレクシーに平手で殴られたとしても、彼はこれほどの衝撃を受けなかっただろう。彼の顔からみるみる血の気が引いた。「本気じゃないんだろう、レクシー。子供っぽいことを言うなよ。わかったっていま言ったじゃないか……ともかく座って、何か飲み物を……」

「離婚については、ヨークの私の弁護士に電話して」レクシーはくるりと背を向けた。

「なんてことだよ！　君は僕のことをなんとも思ってなかったのか。ロレインの言うとおり、金目当ての欲深女だったのか……」

でもレクシーは聞いていなかった。彼女は階段を駆け下りた。涙がぼろぼろ流れる。ジェイクの呼ぶ声がぼんやり聞こえたが、彼女は走り続けた。

表に出て、彼女は倒れるようにタクシーに乗り込んだ。「どこでもいいからぐるぐる回ってください」

「了解」

涙はもう乾いていた。彼は私のことを子供っぽいと言った。スマートに離婚を受け入れないから。

ホルモンの機能低下。なんたるジョークだろう。意識の底で私はいつも、ロンドンのやり手ビジネスマンが、私のどこに惹かれたのだろうと不審に思っていた。なぜジェイクのように裕福で魅力的な男が、ヨークシャーの田舎娘と結婚したのだろうと。彼に冷酷なところがあるのはぼんやり感じていたが、それが自分に向けられることはないと確信していた。ジェイクが私を愛しているなんて。それが最大のジョークだ。彼は私の足元をすくい、私の体を利用した。それさえも長くは彼を満足させなかった。

レクシーは小さくうめいた。ジェイクと秘書に対して抱いていた疑惑が、一夜のうちに確認された。きっとジェイクはロンドンに行くたびにロレインを抱いていたのだろう。一方、妻のほうは何も知らずに、おめでたく遠く離れたホテルで働いていた。なんてこと！　私が赤ちゃんを亡くしたときも、ジェイクとロレインはお互いの腕のなかにいたのだ。考えるだけで耐えられない。レクシーは決心した。ジェイクに傷つけられるのは、これが最後だと。

とっさに友達のキャシーの名前を出したが、それはいい考えだったかもしれない。キャシーのことを思うと心が安らいだ。彼女も外交官の娘で、サセックスの修道院付属の学校で一緒に五年間を過ごした。ロンドンでも一緒にフラットを借りていたが、レクシーが大学をやめてからは会っていない。でもたぶん、キャシーはまだ同じところにいると思う。レクシーは運転手にその住所を告げた。三十分後、彼女は男まさりの活発な友人の歓迎を受け、爆弾でも落ちたような部屋に足を踏み入れていた。

「なあに、ちっとも幸せな母親候補生に見えないじゃない。どうしたの？」

レクシーは使い古しのソファに座り込み、涙ながらに一部始終を話した……。

次の日レクシーはヨークの弁護士に長い電話をかけた。夫から離婚の書類が届くと思うが、彼の言い分を全部受け入れてほしい。落ち着き次第こちらの住所を知らせるが、夫には絶対にもらさないように。

レクシーは受話器を置き、キャシーに言った。

「まずはあなたのご両親のところに身を寄せて、それからイギリスを離れるわ。もし偶然ジェイク・テイラーと出くわすことがあっても、私とは会わなかったことにして。どこにいるかも知らないって。約束よ」

そしてキャシーは約束を守った。

3

レクシーはプロの目でエレガントな大理石のロビーを見回し、大きな二重扉の向こうに見えるダイニングルームにほんの少し目を止めた。すべてうまくいっている。ホテルでの昼食を所望した客は、ホテル・レ・ピッコロ・パラディーゾのスタッフによる最上級のサービスを受けている。

客を厳選する小規模な高級ホテルのマネージャーとして、すべてがとどこおりなく流れているかに気を配るのはレクシーの仕事だ。シフトが終わって、あとは帰るだけのいまでも、全部をチェックせずにはいられない。

今日はダンテとランチの約束をしている。彼は離婚の手続きが進んでいるか聞きたがるだろう。なぜ五年もたつのにジェイク・テイラーが離婚手続きをしないのかは、いまもってわからない。

夫と秘書が離婚の相談をしているのを聞いてアパートを飛び出して以来、レクシーは弁護士のミスター・トラヴィスからの連絡を待っていた。ジェイクが離婚の手続きをしたいと言ってきたという連絡……。でも、それはまだなかった。何カ月か前にダンテがデートを申し込んできたとき、そろそろ自分もそういう世界に戻ってもいい時期だと決心した。そのためには自由になる必要がある。一週間前、彼女はミスター・トラヴィスに電話し、その後、別居五年法に基づいて離婚の手続きを始めてほしいと文書で依頼した。今朝承知したという弁護士からの返事があった。

レクシーはその問題を一時脇《わき》に置いて、フロントにいるアシスタント・マネージャーのフランコに、すべて順調かと流暢《りゅうちょう》なイタリア語で尋ねた。

「はい《シ》、レクシー」フランコは、豊かなロングヘアの金赤色のカールや、短いブルーのコットン・ジャージーのドレスに包まれた魅惑的なボディ・ラインを賞賛の目で見た。形のいい脚も、ほかの露出した部分も、つややかな黄金色に輝いている。ソレントに五年いるうちに、レクシーは、ほっそりした、どちらかといえば地味な感じの娘から、目をみはるほど美しい女性に成長した。フランコはため息をついた。「シニョール・ダンテとデートですか？　彼は運のいい人だな」

　レクシーはにっこりした。「相変わらず口がうまいのね。じゃあ《チャオ》」彼女はブルーのサンダルの音をたててロビーを横切り、真夏のまぶしい太陽の下に出た。

　小さなフィアット・パンダの横に立ち――これはホテルの車だが自分のだと思っている――レクシーは屋根越しに目の前に広がる光景をながめた。見るたびに心が高揚する。ホテルはナポリ湾を見下ろす丘の上に立っていた。左には、紺碧《こんぺき》の海に浮かぶ宝石のようなカプリ島が見える。レクシーは満足の吐息をついて、車のドアを開けた。

　心配することはない。ミスター・トラヴィスは、あと六週間たてば別居五年になり、自動的に離婚が成立すると言った。ジェイクの同意さえ必要ないという。これを言えばダンテも安心するだろう。もうすぐ私は正式に自由の身になる。

　レクシーは車のエンジンをかけ、両側にオレンジとレモンの木が並ぶエレガントなドライブウェイを通って、ソレントに向かう道に出た。鼻歌を歌いながら巧みなハンドルさばきで十以上もあるヘアピン・カーブの半分ほども行ったとき、黒いブガッティのスポーツ・カーが彼女の車すれすれに、光のような速さで追い越していった。

またあの車だわ！　軽薄なマッチョ野郎。彼女は運転席に座った黒髪の男を見た。その男をどこかで見たことがあるような妙な感覚にとらわれたのは、これが初めてではない。その車はこの二、三カ月で何度か見かけた。最初はホテルに泊まったことのある人だろうかと思った。でもホテルは、富裕で見識ある客だけを相手にした贅沢《ぜいたく》なスイートが二十あるだけだから、宿泊客は事実上全部知っている。

運転している男をよく見たわけではないが、なんとなく個人的に知っているような気がするのだ。でもブガッティを持っているような金持ちとのつき合いはない。ボーイフレンドのダンテは、ソレントとアマルフィに宝石店を二つ持つ、仕事熱心でまじめな、いい人だ。彼はすばらしい夫に、そして父親になるだろう。

子供を失って今夜でちょうど五年になることを思って、レクシーのすみれ色の目が陰った。彼女は流産の経験を完全には乗り越えていなかった。離婚の手続きをしてダンテと結婚することを考えたのも、彼にぞっこんだからというよりは、子供がほしくてたまらないからかもしれないとふと思う。

レクシーは心騒がせる考えを振り払った。いずれにしろダンテにはまだプロポーズされてないんだもの、皮算用もいいところだわ。

ダンテと待ち合わせているのは〈ザ・ドルフィン〉というシーフードが評判のレストランだ。それは、急な崖《がけ》から海に張り出して立っている。レクシーは砂利敷きの脇道に車を止めて歩いていった。

地元の子供たちが海で遊んでいるのを見て、彼女の唇にやわらかなほほえみが浮かんだ。水際に釣り船がつないであるのも気にならないらしい。むしろそれを遊び道具に使って、彼ら自身魚のように船に飛び乗ったり降りたりして楽しんでいる。

ソレントは海から絶壁をなして立ちあがる平地の

上に立つ美しい町だ。崖の上に立つ大きなホテル群が、下のプライベート・ビーチまで降りるエレベーターを架設している。木製の浮き船があるこれらの浜辺は、日光浴に利用しやすくなったし、泳ぎ専門の人たちにとっても海に行きやすくなった。でも料金が高いので、地元の子供たちには手が出ない。

レクシーは腕時計を見た。たいへん、遅刻だわ。

彼女はレストランまで走り、息を切らしてオープン・デッキに向かった。ダンテの姿を見つけ、しばし彼の傾けた頭をながめる。彼はほんとにいい人だ。四十二歳で、ほんの少し太り始めているが、顔を上げて彼女を見つけたときのやさしげなほほえみはいつも変わらない。生粋のナポリ人らしいカールした黒い髪や、濃いまつげの濃茶の大きな目は、かわいいスパニエル犬を思い出させる。

「また遅刻だね、いとしい人《カラ》」彼は立ちあがってレクシーのために椅子を引き、頬に軽くキスをした。「でも待った甲斐《かい》があったよ」

ダンテと会うのは一週間ぶりだったが、彼の褒め言葉はレクシーの自尊心をくすぐった。彼女は満足げなため息をついて座り、窓から海をながめた。そう、私は正しい選択をした。イギリスにはもうなんの未練もない。いまの私の生活はここイタリアに、ダンテとともにある。あと数週間すれば自由の身になって彼と結婚できる。「ダンテ、もう言ったかしら？　あなたってほんとにすてきな人だって」

ダンテは日焼けした顔をほころばせた。「それなら早く食べて昼休み《シエスタ》にしよう」

彼女はくすくす笑った。「あなたって、決してチャンスを逃さないのね」

ダンテは急にまじめな顔になって彼女の手を取った。「もちろんだ。もう何カ月も待ってるんだから。イギリスからの連絡はあったかい？」

レクシーは手を引っ込めた。ウェイターがガーリック・バターでグリルした海ざりがにを運んできたからだ。彼女の好みをよく知っているダンテが、先に注文していてくれたようだ。「ええ。あと六週間で別居五年になるから、夫の同意がなくても離婚できるの。今朝弁護士からの手紙を受け取ったわ。もう手続きは始まってるの。問題ないわ」

「ほんとなんだね？」

「もちろん」

「だったら十一月に式というのはどうかな？　そのころにはほとんど観光客もいないし、ゆっくりハネムーンに行ける」

世界一ロマンチックなプロポーズとは言えないと、レクシーはひそかに苦笑した。でもダンテはこの数カ月で何度も、結婚の意思をほのめかした。それでようやく離婚の手続きをする勇気が出たのだ。五年も音信がなければ、結婚が終わったという充分な証《あかし》になる。それでもダンテに会うまで、行動を起こそうという気になれなかった。たぶん心の底で、ジェイクとふたたび向き合わなければならないのを恐れていたのだろう。ばかげてる。でも、いまでもつきまとう不安を捨て去ることができない。

ダンテがじっと見つめている。プロポーズは気軽な口調だったが、彼が百パーセント真剣なのはわかっていた。〝いいわ〟と答えれば簡単だ。レクシーは突然身震いした。私のお墓の上を幽霊が通っていったんだわ。外は三十五度の炎暑なのだから、それ以外の何ものでもない。けれどハネムーンという言葉を聞き、戻れない一歩を踏み出すと考えただけで、急に気持ちが不確かになってくる。

「カラ、何か言ってくれよ」

「ええ、ええ、それがいいわ。十一月ね」レクシーはにっこりした。ダンテは彼女の手を取ってキスをした。

「ありがとう、カラ。決して後悔させない。シニョール・モニチェリが立会人をしてくれるだろう。先週、もう頼んでおいたよ」

シニョール・モニチェリの名前を聞くと、初めてソレントに来たころのことがよみがえってきた。レクシーはロンドンのキャシーのフラットに一泊したあと、サリーにいる彼女の両親の家に行った。二日後、レクシーは彼らと一緒にイタリアに渡った。キャシーの父親がイギリス領事としてナポリに赴任したからだ。父親は、ピッコロ・パラディーゾのオーナーであるシニョール・モニチェリにレクシーを紹介した。彼はレクシーの語学の才とフォレスト・マナー・ホテルでの短い経験を買って、彼女をフロント係に雇ってくれた。

幸いパスポートが独身時代の名前のままなので、シニョール・モニチェリと、もちろんダンテ以外は、だれも彼女に結婚歴があるのを知らない。

ダンテは、シニョール・モニチェリの息子マルコの親友だった。昨年までマルコはホテルのマネージャーだったが、不幸にも交通事故にあい、下半身不随になってしまった。いま彼は両親と楽園の島、イスキア島に住んでいる。そしてレクシーがマネージャーに昇進した。でもシニョール・モニチェリは、今度このホテルを売りに出した。それはレクシーも知っている。たとえ最悪の場合、新しいオーナーがマネージャーにしてくれなかったとしても、いずれダンテと結婚するわけだから別にかまわないといまでは思う。

仕事を失うのは残念だし、うぬぼれでなく自分はよく責務を果たしていると思う。でもマルコがアメリカでリハビリを受ければ歩けるようになる望みがある以上、シニョール・モニチェリが息子にチャンスを与えるためにホテルを売ろうとするのは当然だ。それに比べればレクシーの失業などささいなことだった。

夕闇《ゆうやみ》が迫るころ、レクシーは車で家路についた。有頂天というわけではないが、将来の見通しに幸せな満足感を覚えていた。ダンテは彼女を熱愛している。彼のキスはレクシーを燃えあがらせはしないが、充分愛に満ちているし、快い。結婚したら、彼とのベッドタイムも同じようにいい感じだろうということに疑いは持っていない。ダンテは、彼女とベッドに行くことを冗談めかして口にはするが、喜んで式まで待つ気でいてくれている。それも彼のプラス面の一つだ。

レクシーはかぶりを振りながらホテルの前で車を降りた。私は何をしてるんだろう。まるで会計士みたいにプラスを数えあげるなんて。彼女は軽い足取りで階段を上がり、ロビーに向かった。デートが打ち切りになったのは残念だ。アマルフィ店の店長が急に病気になったという連絡が入り、彼が店を見なくてはならなくなったのだ。

とはいえ、レクシーはほっとしてもいた。今日はあまりデートを楽しめそうにない。過去のことがやたらと頭にちらつく。理由はわかっていた。毎年、流産した日が近づくたびにこうなるのだ。感傷的になるのは愚かだとわかっているのだけど。

フロントでメッセージの有無をきくと、シニョール・モニチェリから至急電話をほしいとの伝言があったと言われた。

レクシーは急いでボスに電話した。五分後、彼女は笑みを浮かべて電話を切った。ホテルが売れたが、レクシーをふくむスタッフ全員が現職にとどまれることになったといういいニュースだった。再婚したら仕事を辞めてもいいと考えたのは、ほんの一時間ばかり前なのに。ダンテより仕事を愛しているなんて、自分自身にも認めたくなかったのだが、この浮き浮きした気持ちが、おのずから真実を語っている。

レクシーはまだにこにこしたまま、フランコのほうを向いた。「万事順調？　二重予約はもうないでしょうね？」

先週フロント見習いのアンナが二重予約をしてしまい、レクシーが自分のマネージャー用スイートを客に貸して、自分はアンナの部屋に泊まったことがあったのだ。

「二重予約ではないんですが」

「何？　また何かあったの？」レクシーの目は鋭くなった。仕事となると彼女は百パーセント効率を重んじるし、スタッフにもそれを求める。ピッコロ・パラディーゾは、数少ない本物の富豪に気に入られている。客たちは平和と静けさと、ファースト・クラスのサービスと、慎重を極める運営を評価している。

「いや、いや、そうじゃないんです。でもそのお客様がどうしてもマネージャーに会いたいと……」

「ノーとは言わせないよ」背後から、深い響きのある、ぶっきらぼうな声が聞こえた。

振り返ったレクシーは、肺から空気が抜けていくのを感じた。顔は青ざめ、目は恐ろしげに見開かれる。わかっていたはずなのに。これは黒いブガッティの男だ。ジェイク……私の夫。

「どうして驚くんだい、レクシー？　僕が来るのはわかってただろう。君の弁護士から僕の弁護士にあてた、離婚の手続きを始めるという短い手紙は、当然返事を期待するものだった。そうじゃないのか？」

レクシーは肩をいからせた。「いいえ、ミスター・テイラー。ほんとうのところ、あなたが離婚について知っているのにも驚いているわ」

「僕の弁護士がきのうその手紙を受け取って、すぐに僕にファックスしてきた。君は何を期待してたんだ？　僕が君を解放するとでも？」彼ののんびりした口調が、レクシーの背筋をぞくりとさせた。

「私が期待してたのは、あなたと二度と会わないことよ」レクシーは背の高い彼の姿を一瞥《いちべつ》した。彼は記憶にある以上に魅力的だった。ハンサムな顔は少し細くなり、セクシーな唇の両脇のしわは多少深くなって、真っ黒だった髪にはいくらかグレーが混じっている。しかしそれは、彼の強力な、ほとんど動物的といっていい性的魅力を決して損ねてはいなかった。腰にぴったりフィットしたジーンズとニットのシャツが、彼の危険な魅力をさらに増している。

恐れではない、もっと恥ずべき何かが産毛を逆立てた。十九歳のころのような、この男に対する自分のリアクションの強さに、レクシーは驚いた。彼のことを嫌っているのに、女としての体が即座に性的な反応をするなんて。

レクシーは自分のブルーのミニドレスや、むきだしの脚や、ワイルドにもつれて背中に流れる長い髪を意識した。これじゃまるで海辺から帰ったばかりのようだわ。黒いスーツと真っ白なシャツの制服を着ていないことがくやまれる。彼女は震える手で、こぼれたカールを耳の後ろにかけた。

「及第かな？」

彼の深く響く声が、張りつめた神経を逆撫《さかな》でする。なんて私はばかだったんだろう。弁護士の通告に対してジェイク本人が返事をしに来るなんて、思いもしなかった。でも、いったいどうして？　私たちは五年近く連絡を取っていない。ジェイクだって早くこの結婚を終わらせたいに決まっているのに。

「そのしかめっつらが何かを意味してるとしても、答えは言わなくていいよ。たぶん僕の気に入らないだろうからね。それより、どこかで話をしよう」

「必要ないわ。私たち、お互いに話すことなんて何もないもの」彼と目が合った。深いブルーの目には隠れた脅しがあった。

「君は僕が来たのを気に入らないかもしれないが、レクシー、僕のなかでは君とのことはまだ決着がついていない。これからの二、三週間は愉快なことになるだろうよ」

「ここに泊まるつもりなら、ミスター・テイラー、ホテルは満室よ。私はマネージャーだから、よく知ってるわ。悪いけど、帰ってもらえる？」レクシーはエントランスのほうに手を振った。ところがその手をジェイクにきつく握られてしまった。

「放して！」レクシーは手を振りほどこうとした。

「だれも片手で僕を追い払うことなどできない。君のような欲深女は特にな。さてと、もし君がホテルのロビーで僕らの結婚の話をしたいなら、僕はそれでもかまわないよ。客たちも喜ぶだろう」

　欲深女？　どういう意味だろう。私は金銭には執着のないほうだ。ジェイクと別れてから、彼のお金にはまったく手をつけていない。

「大丈夫ですか、シニョリーナ・レクシー？」フランコが心配そうに口をはさんだ。

「ええ、ええ、大丈夫」レクシーはすばやくあたりを見回した。なんてこと。お客たちがおおぜいディナーに向かっているというのに、私はフロント・デスクの真ん前で言い合いをしている。

「シニョリーナだって？　おかしいな。君はたしか僕の妻だと思うが。しかし君が生活のために働いているのは喜ばしいことだ。てっきり金持ちの愛人にめんどうを見てもらってるんだと思ってたよ」

「なんですって。よくもそんな……」あまりのことに言葉が見つからなかった。でも場所が場所だからかえってよかったかもしれない。

「あなたはこの人と結婚してるんですか？」フランコが驚きの声をあげ、それから一気にイタリア語でまくしたて始めた。それは主に、ダンテがどう言うかという内容だった。

レクシーはなんとか興奮した部下を静めようとしたが、最終的にはジェイクが夫であると認めざるを得なかった。

「話が終わったら、僕の荷物を妻の部屋に運ぶ手配をしてくれたまえ」ジェイクはフランコに言った。

レクシーにとって、それは最後のとどめだった。ジェイクに黙ってと叫びたかったが、ロビーにいる人全員に事情を知られる前にジェイクを連れ出すのが先決だ。「こっちに来て」レクシーは歯を噛《か》みしめて言った。

「わかってくれると思ったよ、レクシー。君は分別のある人だから」

レクシーは怒りのあまりエレベーターを使わず、先に立って階段を三階まで上がった。そしてジェイクがついてきているかどうかも確かめずに、ずんずん自分の部屋に入っていった。それから窓に背を向けて、彼と向き合った。

「さてと、いったいどういうつもりなのか教えてくれるかしら、ジェイク？　いきなりここへ来て、スタッフやお客さんたちの前で私のモラルについて、あるいはその欠如について当てこすりを言うなんて。そのうえみんなに私たちが結婚してると公表したりして、あなたって、たいした神経の持ち主ね」

「妻がミスだれそれと呼ばれることに異議を申し立てるのが、そんなにおかしいことかな」

「何を言うの！　あなた、どうかしてるわよ。私たち五年も別居してるのよ。五年よ、ジェイク。そもそもどうしてあなたが何年も前に離婚の手続きをしなかったのか理解できない。あなたの忠実なロレインとロンドンにいればいいのに、こんなところに来た理由もわからない」

「だったら教えてやろう、マイ・スイート。僕は自分の妻を取り戻しに来たんだよ」

彼の傲慢《ごうまん》さに、レクシーの体は怒りで震えた。

「ばかを言わないでよ。いきなりやってきて、取り戻すだなんて。そんなこと絶対に受け入れられない」私はこの人を何年ものあいだ憎んできた。彼は愛や、家族や、永遠についての私の娘らしい夢を取りあげ、踏みにじった。いまでは私は大人になり、自立して働いている。二度とジェイクの妻という従属的な立場にはならない。

「僕も、あなたは離婚されますというそっけない通告を絶対に受け入れられない」ものやわらかだが有無を言わせない意思のこもった声で言われるのは、怒鳴られるよりもっと脅威だった。「レクシー、君は僕の妻だ。離婚はいまも、これからも、あり得ない。これではっきりしたかな?」

レクシーは、ばかにするような彼の顔に向かって手を振りあげた。でもそれはジェイクの強い手にがっちりつかまれた。彼女は痛みに声をあげた。今度はもう一方の手でジェイクの体を平手打ちにしたが、たちまち両手とも彼の大きな手につかまれ、体の後ろに固定されてしまった。

レクシーはもがいた。しかし彼の腕は鉄の梁《はり》のようにウエストに回っている。蹴《け》ろうとすると、その脚は力強い腿にはさまれてしまった。思いもよらず、熱いものが体を駆けめぐった。ジェイクが空いた手で彼女のあごをつかみ、顔を上に向けさせた。

「僕は暴力を許さない。たとえ君からでもね、レクシー」そして唇が重なった。

レクシーは唇を固く閉じていたが、彼はひるまなかった。下唇を噛み、レクシーが痛みに息をのんだすきに舌を入れて、エロティックに内部を探求した。

レクシーは決して反応するまいと心を固くした。私は彼を憎んでいる。もう何年もだ。ジェイクの手があごから喉に、さらに下にすべっていき、キスが挑発的な愛撫《あいぶ》に変わったとき、レクシーは体の内部で何かが躍りあがるのを感じた。彼女はキスを避けるために頭をそらした。けれどそれはかえって彼に喉のやわらかな肌をさらすことになった。彼の唇が、喉のつけねの無防備なくぼみをとらえる。脈が跳ねあがり、長く拒まれてきた情熱に体が反応した。

ジェイクの手がドレスのネックラインからすべり込んできて、クリームのようにやわらかな丸みを愛撫する。そして尖《とが》った先端を撫でて、それを固くて痛い情熱の塊にする。レクシーは無力だった。彼女は永遠に決別したつもりの情熱の海にふたたびおぼれそうになっていた。ジェイクの欲望の証が強く押しつけられるのを感じて、彼女は低いうめきをもらした。

「そうだよ、レクシー。自分を解放しろ」彼のかすれた声が頬のカーブで震える。唇がふたたび重なった。炎が血管を伝い、あらゆる神経と感覚を目覚めさせる。絶望的なほどの飢餓感が身を焦がす。

いつのまにか両手が自由になっているのも、ドレスのネックラインが肩から押し下げられているのも気がつかなかった。彼の唇がぴんと張った胸の先端をふくんだとき、レクシーは声をあげた。官能的な唇の動きが、彼女を恍惚《こうこつ》の状態にする。彼女はジェイクの豊かな髪をつかんで頭を引き寄せた。

ふいに、ジェイクの体が離れた。情熱で深い紫になった目が、彼のかすかにほてった顔を見あげる。

「ジェイク……？」

ジェイクはわざとゆっくりドレスを肩に戻し、勝ち誇ったような目で彼女を見つめた。「またあとで。だれかが来ている。僕の荷物だろう」

そのとき初めてレクシーは、軽いノックの音に気がついた。恥ずかしさに顔が熱くなる。私はいったい何をしてるんだろう？　ジェイクが少し触れただけで、炎のように燃えあがってしまうなんて。

レクシーはくずれるようにソファに座った。ジェイクがドアを開け、ベルボーイが荷物を持って入ってきた。

「ベッドルームに運んでくれ」彼の声には、なんの動揺もない。

ボーイはレクシーのほうを見ないようにしてベッドルームに向かっていく。去年レクシーが面接して採用した青年だ。彼に無視されるのも、彼の顔に明らかなとまどいを見るのも、レクシーの心を傷つけた。私が何をしたというの。彼女は頭を抱えて、泣き出すまいとあらゆる意思の力をかき集めた。喉の熱い塊をのみ込み、ゆっくり顔を上げて、もつれた赤褐色の髪をかきあげる。

私は根っからだめな人間だ。私はジェイクを憎んでいる。その気持ちは五年たっても変わらない。それなのに、私の裏切り者の体は彼を求めている。どうしてあの傲慢な卑劣漢が私の世界に踏み込むことを許したのかしら。私は懲りるということを知らないのだろうか？

もっと悪いことがある。私は仕事をとても大切にしている。でもこんなことがあったら、もうスタッフは私を尊敬してくれないかもしれない。たとえジェイクをすぐに追い払うことができたとしても、噂《うわさ》はすでに飛び交っているだろう。独身だったはずのマネージャーが夫と称する男を部屋に引っ張り込んでいる。絶望的だ……。

頭を軽く撫でられるのを感じて、レクシーは飛びあがった。

「気を楽にしろよ、レクシー。話はあとでしよう。まずはシャワーと着替えだ」

レクシーは答えられなかった。気が抜けたようになって、ジェイクがベッドルームに入っていくのをぼうっとながめていた。かすかな水の音に、二人でシャワーを浴びたときのことが思い出される。レクシーは腹立たしげにそのイメージを振り払い、あたりを見回した。

ここは私の聖域だった。イタリアのアンティーク家具を置き、青とゴールドで趣味よく統一した居心地のいい居間だ。エレガントなデスクに、ソフトな青いベルベットのソファが二脚。ホテルのスイートではあるが、自分の部屋でもある。本棚に自分の本も並べてある。でもジェイクは、来て一時間もしないうちに、私の平和を、満足を、生活を破壊した。あんまりだ。この人から自由になることだけが私の望みだったのに。

そのときある考えが浮かんだ。心配することはない。ジェイクの同意は必要ないのだ。あと六週間すれば、彼が望もうと望むまいと離婚は成立する。私は彼に振り回されてばかりいて、自分から行動するのを忘れていた。ジェイクの話とやらを聞いて、こっちの考えをはっきり言って、彼を追い返そう。たしかに彼は性的な面でまだ影響力を持っているかもしれない。それは認めよう。私は彼という火に向かう蛾《が》のようなものだった。前からずっと。

でも、いまの私は二十五歳の大人の女だ。彼がここにいる短い期間ぐらい、彼に抵抗できる。美しいロレインが現れて、問題を解決してくれるかもしれないし。そもそも、どうしてジェイクはロレインと結婚しなかったのだろう。私はジェイクからの離婚の申し出をずっと待っていた。なかなか来ないので心配したが、時がたつうちに忘れてしまっていた。

突然レクシーは思いついた。ジェイクは冷酷なビジネスマンだ。彼はフォレスト・マナーを手に入れるために私と結婚した。でもロレインには彼女の体以外に資産がない。だからわざわざ結婚などという労を取らないのだ。

4

「バスルームが空いたよ」

ジェイクの声に、レクシーは椅子から飛びあがった。そして出てきたジェイクの姿に息をのんだ。シャワーで濡《ぬ》れたままの髪は後ろにとかしつけられて、野性みのある魅力的な顔に厳しさと冷酷さを加えている。オーソドックスな黒のディナー・ジャケットに白いシルクのシャツ、腰にぴったりのスラックスといういでたちの彼は、すばらしく男らしく、かつ略奪者めいた危険性を秘めていた。

「僕は昨夜《ゆうべ》飛行機に乗って、今朝こっちに着いた。腹もへっている。だから早く支度してくれ。それから髪は下ろしておくように。僕はそのほうが好きだから」

「ちょっと待ってよ」ようやく声が出せた。突然現れて、私の人生を牛耳るなんて許せない。二度とそんなことはさせない。

「前はこんなに議論好きじゃなかっただろう、レクシー。早く支度をしてくれよ。もちろん、部屋で食べるというならそれでもいい。より親密な雰囲気になるからね」

レクシーはむっとしてソファからバッグを取り、ベッドルームという安全圏に逃げ込んだ。ベッドにバッグを置こうとして目を丸くする。ペアの黒いシルクのパジャマがこれみよがしにベッドの上に広げてあるのだ。露骨な意思表示だ。それならこっちだって考えがある。ジェイクは勝ったつもりなんだろうけど、あとで目にものを見せてやるわ。夕食は一緒に食べるけど、もし彼が離婚のことで無茶を言うなら、彼にこの部屋を勝手に使わせて、私はアンナの部屋に避難しよう。

せっかくの離婚のチャンスを危険にさらすなんてとんでもないことだ。あと六週間すれば、ジェイクだって私を止めようがないのだから。別々にいさえすれば……。

あたたかなお湯に打たれていると、ジェイクのコロンの香りと彼の男らしい匂《にお》いがまだ残っているのに気づく。彼と一緒の部屋に寝るのは危険すぎる賭《かけ》だと認めざるを得ない。レクシーは身震いして湯を止め、シャワーを出た。降参するわけにはいかない。ゴール間近になったいまになって。

レクシーは薄いレースの下着の上に、クリーム色のシルクのプリーツのついたキュロットと、それに合う袖《そで》なしのブラウスを着た。金の縁のついた襟をまっすぐに直し、細いウエストに金の革のベルトを締めながら、ジェイクとは絶対に同じベッドに寝ないと自分に誓う。いまも、これからも。たとえ洗濯用品入れの戸棚に寝ることになろうとも！　私はこれほどまで人を憎めると思えなかったほどに彼を憎んでいる。

レクシーは髪にさっとブラシをかけ、頭のてっぺんでゆるくまとめた。顔に化粧水をはたいて長いまつげに黒のマスカラをつけ、ソフトピンクのリップ・グロスをつけると支度は終わりだった。

金色のサンダルをはき、金のショルダーバッグを持つと、レクシーは肩をいからせ、深く息を吸い込んで居間に戻っていった。

ジェイクは暗くなった窓辺にたたずんでいた。レクシーが来たのに気づかない様子で、横顔を見せて外を見つめている。どこか緊張しているみたいだ——そんなはずはないけれど。彼の厳しい顔は何か思い悩んでいるかのように妙に静かだった。そのとき彼がこっちを向いて、レクシーと目を合わせた。彼の表情はなんとも形容しがたく、レクシーは二人のあいだの沈黙になぜとはなく脅威を感じたが、目をそらすことはできなかった。

ジェイクはゆっくりと彼女の全身を見渡した。少し不満げだ。なぜかしら。これはカプリ島にある高級ブティックのウインター・セールで買ったデザイナー・ブランドなのに。

「非常にエレガントだ。間違いなく高級品でもある。でも髪は下ろしてくれと言っただろう」抵抗する間もなく、ジェイクは手際よく髪からピンを外した。そして、赤いもやのような髪を肩のまわりに落とした。

「あなたが私に指図する時代はとっくに終わったわ」レクシーはぴしゃりと言った。この卑劣漢を夢に見なくなるのにかかった年月のことを思うと、憎しみがさらに燃えあがる。レクシーは唇を噛《か》んで冷静になろうと努めた。「私にはマネージャーとしての考慮すべき立場があることがわからないの？」

「それも、そう長いことじゃない」彼は尊大に言い放った。

いったいどういう意味かきくべきだったが、レクシーは、体温を感じるほどに間近に立っているジェイクの原始的な磁力に五感を乱されて何も言えなくなった。だからやみくもにドアに向かった。逃げるしか方法はなかった。

ホテルのダイニングルームは贅沢《ぜいたく》なつくりだが、打ち解けた雰囲気だった。二人が並んで歩く姿を見れば、だれでも熱愛カップルだと思うだろう。男は背が高く、衝撃的なほど魅力的。女性は小柄で、洗練された美人。彼女の目はきらめき、頬は喜びに輝いている。でも近くで観察すれば、目を燃えあがらせ、頬を紅潮させているのは怒りだということがわかるだろう。

レクシーがいつも座るテーブルに着くころには、彼女は腹立ちのあまりジェイクを殴りたくさえなっていた。何人かのお客に挨拶《あいさつ》したのだが、ジェイクはそのたびにうれしげに自分は彼女の夫であると自己紹介したのだ。

「まったくどういうつもり？　ミス・ダヴンポートに夫だと宣言するなんてジョーク以外の何ものでもないわ。彼女には先週恋人を紹介したばかりなのよ。私のこと、いったいどう思ったかしら。彼女はいちばんのお得意様のひとりなのに」

「それは僕の落ち度じゃないと思うよ、かわいいレクシー。夫がいるのに恋人をつくるなんて、もう少し見識があってほしかったね」

レクシーはぱっと顔を上げた。「私には夫はいないわ。私はずっと……」

「僕とはベッドをともにしていない。わかってる。だがその状況は、今夜正すつもりだよ」ジェイクは彼女のV字の襟元に目をやり、クリームのようになめらかな胸の谷間にしばし視線をとどめた。

「私が言ったのがそういう意味じゃないのはわかってるでしょう。この……この変態！」レクシーの顔は髪と同じぐらい赤くなった。

「異議は認めない。僕は君を長いこと自由にしすぎた。でも、これ以上そうするつもりはないよ」彼はレクシーの目をとらえた。「戦えばいい。僕も戦う。保証するが、僕はいつだって勝つよ」

レクシーは怒って彼を見返した。私だってこの戦いには絶対に勝つ。自尊心とプライドを、そして私の生活を守るために。

ウェイターがやってきた。「奥様、だんな様、オーダーよろしいですか」

わざわざ奥様と呼ばなくてもいいのにと腹立たしい。

「僕はジェノヴァ風パスタと、ステーキをミディアムで。君の分も注文しようか、レクシー、ダーリン？　君の好みはよく知ってるから」

彼のからかうような口調に、レクシーはかっとなった。「食欲がないの。最初のコースはいらないし、あとはなんでもいいわ。子牛のマルサラソースか何か」彼女は哀れなウェイターにつっけんどんに言った。

ジェイクは椅子の背にもたれ、彼女の上気した顔に目を当てた。「それがマネージャーの、スタッフに対する態度かい？　彼は自分の職務を果たしているだけだよ」

「スタッフに対してかっとしたことなんかないわ。あなたの存在が、私に度を失わせるの」

「変だな。最初会ったころ君は決して僕にたてつかなかったのに。あの有名な赤毛のかんしゃくはいつ現れるんだろうと思ったものだよ。ところが結婚してみてわかった。君の炎も情熱も、ベッドタイムのために取ってあったんだと」

突然自分とジェイクがベッドにいる光景が、万華鏡のように、はっきりとエロティックに浮かんできた。彼女はそのイメージを追い払おうと一瞬目をつぶった。幸いワインのウェイターが来たので、ジェイクが選んでいるあいだに少しは気を静めることができたが、ジェイクがふたたび口を開いたとき、かき集めたわずかな自制心はたちまち霧散してしまった。

「君のいまの恋人――ダンテだったかな。彼は名前負けしてるよな。ダンテの『地獄編』だよ。彼は君に火をつけられなかったらしい。もしそうしてたら君は僕とわたり合うような情熱を残していないだろうし、さっきのように僕の腕のなかでとろけることもなかったはずだ」

「やめてよ。みんなが聞いてるでしょ」レクシーはあわててあたりを見回した。「ここは超一流のホテルなのよ。そして私はその責任者なの」

「もちろん君の言うとおりだ。マネージャーの頭がおかしくなったというのでお客が減ってはたいへんだからね。ビジネスには大打撃だ。特に、いまは」

嫌みな男！　レクシーは言い返したい衝動をこらえた。ウェイターがワインを運んできて、ジェイクの味見を待って二つのグラスを満たす。

ジェイクはグラスを上げた。「いい感じだな。まるで昔のようだ。二人で居心地のいい高級レストランで食事をするなんてね」

レクシーは一瞬、過ぎ去った日々を惜しむ気持ちになった。結婚したてでロンドンに住んでいたころ、二人はロンドンの有名レストランの味見をするという名目でよく外食した。私は彼を心から愛し、将来の希望に満ち満ちていた……。レクシーは急いでグラスを取りあげて、気持ちを静め、つらい記憶を追い払おうとした。パスタの皿がジェイクの前に置かれる。これでしばらくは黙っていてくれるだろう。だけど〝特にいまは〟とは、どういう意味だろう。それに、彼がダンテのことを知っているのも不思議だ。私は弁護士に、離婚をしたい理由は話していない。そしてだれにも、特にジェイクには、住所を知らせてくれるなと強く頼んであるのだ。

「ねえ、どうして私の居場所がわかったの？」

ジェイクは下を向いている。明らかに食事を楽しんでいるようだ。彼は料理を楽しむのと同じようにベッドライフを楽しむ。あらゆる細部まで味わって……。レクシーはとまどって、方向の定まらない思いを抑えつけた。

「ねえ、ジェイク」

「聞こえたよ」彼は顔を上げた。「僕はずっと前から君の居場所を知っている。僕らにはカール・ブラッドショーという共通の知り合いがいるんだ」

レクシーは眉を寄せて考えた。そしてようやくその名前に思い当たった。

「彼は以前、このホテルの常客だった。偶然、僕は彼と仕事上のつき合いがあった。一緒に昼食を食べていたとき、彼がこのホテルのプールサイドで撮った君の写真を見せてくれた。すばらしい女性に出会ったが、ふられてしまったと言ってね。僕はすぐに君だとわかったが、それは僕の逃げた女房ですなんて言わなかった。しかし、へまをしたもんだな、レクシー。カール・ブラッドショーはヨーロッパでも有数の金持ちだぞ」

　レクシーはその男を覚えていた。たしかにデートを申し込まれたが、当時はまだジェイクに裏切られた傷が生々しかったから、そんな気になれなかった。だけど、へまをしたってどういう意味だろう。それに、逃げた女房という意味もわからない。ジェイクは結婚を解消したがっていた。私は彼が愛人のロレインに結婚の誓いを破ると話しているのを、この耳で聞いた。レクシーは混乱した思考をまとめようと、ワインをひと口飲んだ。

「それで、どうしていまになって来たわけ？」

「妻に恋人ができて、離婚を求めてきたのが気に入らないのさ。僕はそれを阻止しようと決心した」

「無理ね。私たち婚約してるのよ」

「いまは違う。もう終わりだ。考えてみろよ、レクシー。今夜君のその〝フィアンセ〟が、急に呼び戻されたのはなぜだと思う？」

「あなた――あなたが工作したの？　だけど、どうやって？　そもそもあなたはダンテのことをどこから知ったの？」

「探偵を頼んで調査させたんだ。何カ月も前に」

　でも何カ月も前には、彼は私が離婚手続きを取ることを知らなかったはずだ。私自身さえ知らなかったのだから。

「人はしかるべき報酬をもらえるならなんでもするものだ。君がだれよりよく知っているようにね。君のボーイフレンドのマネージャーが都合よく病気になったから、僕は君を待って時間を無駄にしなくてすんだ」

「で、でも……」レクシーは怒りのために口をぱくぱくさせた。「よくも、よくもそんなこと！」

「僕は自分のほしいものを手に入れるためならなんでもするよ、レクシー。僕がほしいのは君だ。いまなら僕にはそれだけの財力がある」

「財力ですって……」彼は他に類を見ない偽善者だ。家を取りあげるために私と結婚しておきながら、厚かましくも私を守銭奴のように言う。レクシーはナイフを取りあげながら、人を小ばかにしたような彼の憎らしい顔にこれを突き立てたらどんなにすかっとするだろうと思っていた。

「そんなことは考えるなよ、レクシー」ジェイクは顔を寄せて小声で言った。「それから、レストラン中の人に事情を知られたくなかったら、黙って食べたほうがいい」

どうして彼はこんなふうに人の心に踏み込んでこられるのだろう。でも、何を言っても無駄だ。レクシーは肩を落としてフォークを取った。ジェイクはなんとしてでも自分のやり方を通す気だ。こうなれば、あとは彼を無視して、自分の考えをどうにかまとめるほうが得策だ。

高級な料理も、彼女にとっては砂を噛むようなものだった。ワインを飲んだら少し自信が戻ってきたが、それは偽りの自信にすぎない。ジェイクはというと、いかにもおいしそうにステーキを食べている。彼はレクシーの目をとらえ、かすかに笑った。

「ここの料理はすばらしいね。シェフを褒めないと」

「どうぞご勝手に」時計を見ると十時近かった。早くジェイクとの対決をすませれば、それだけ早く彼を私の人生から追い払うことができる。

「ラウンジでコーヒーを飲むかい？」

「いいえ、私の部屋で飲みましょう。今夜は長いこと本題を避けすぎたわ」レクシーは返事を待たずに立ちあがり、硬いほほえみを浮かべて何人かの客におやすみの挨拶をしながらエレベーターに向かった。

「じゃあ、言いたいことを言って、出ていって」レクシーは部屋の真ん中に突っ立って言った。

「座れよ、レクシー」

「そんな必要はないわ。あなたに長くいてもらうつもりはないから。私は働いてるのよ。明日はまた忙しい一日が待ってるし、もう寝たいの」

「いいとも、レクシー。なんならベッドで話をしてもいい」

「冗談はやめて!」レクシーはかっとした。「こんなふうに私の生活に踏み込んできて、みんなに夫だと言いふらして、スタッフの信用をぶち壊しにする権利なんか、あなたにはないわ。もうたくさんよ。いますぐ出ていってくれないなら、ポーターを呼んでたたき出してもらうわ。だいたい最初にどうしてそうしなかったのかわからない」

ジェイクは二歩でそばに来て、レクシーの華奢《きゃしゃ》な肩をがっしりつかんだ。「いい加減にしろよ。がみがみ言ったって何も解決しない」

彼の言うとおりだ。レクシーは彼につかまれた場所から震えが伝わってくるのを抑えて一歩後ろに下がった。彼は追わなかった。

「わめくのはもう終わりかい?」ジェイクは静かにきいた。

「ええ」レクシーはもつれた髪をかきあげ、怒りをのみ込んだ。「なんのために来たのかだけ言って。そして帰ってちょうだい」

「座れよ、レクシー」

レクシーはあきらめて手近の椅子に座った。ジェイクはソファに座って、無造作に長い脚を投げ出した。

「ほら、このほうがずっとお行儀がいいだろう、ダーリン」

「要点を言って、ジェイク」レクシーは儀礼的な会話をするつもりはなかった。

「非常に簡単なことだよ、レクシー。さっき言ったとおりだ。僕は君に妻として戻ってもらいたい。もう一度君を僕のベッドに迎えたい」

「それだけ？」

レクシーは辛辣《しんらつ》に言った。でも頭のなかはぐるぐる回っていた。ジェイクは何事かたくらんでいる。いったいなんだろう。彼はさっきも戻ってほしいと言い、今度もまた言った。でもそれが本心でないのはわかっている。彼は私を愛していない。一度も愛したことがない。それを思うと心が痛む理由は追及しないでおくとして——問題は、なぜジェイクがそんなことを言うのかだ。

「わかったわ！」レクシーは叫んだ。そうよ。どうして前に思いつかなかったんだろう。ジェイクがお金のためならなんでもすることを、私は身をもって知っているはずなのに。離婚すると、妻に資産の半分を渡さなければならない。彼はそのことを恐れているんだわ。あわてふためいてイタリアまで飛んできたのも無理はない。

「それはよかった。じゃあ寝よう。長い一日だったからね」

「待って。わかってるから、ジェイク」レクシーは身を乗り出して真剣に彼を見つめた。「何も心配しなくていいのよ。弁護士にもはっきり意思を伝えたわ。私は慰謝料も生活費もいりません。財産分与も必要ないわ。あなたの会社も、資産も、何もかも安全よ。なんならいま誓約書を書いてもいいわ」ジェイクと再会して初めて、レクシーは心からの笑みを浮かべた。

だがジェイクは笑い返してこなかった。彼は立ってレクシーを見下ろした。「なかなかやるね、レクシー。だがその手には乗らないよ」

「だけど――ほんとなのよ」たぶん彼は理解していないのだ。

「以前君は僕をこけにした。けれど二度とそうはさせない」彼はレクシーの腕をつかんで立ちあがらせ、大きな手で彼女の顔を上に向けさせた。「君が財産を放棄できないのは、ぶたが空を飛べないのと同じだ。誓約書なんてたわごとは忘れろ」

「なんですって。よくもそんな……」でも最後まで言う前に、ジェイクの唇が荒々しく彼女の唇をふさいだ。レクシーは夢中で頭を振り、足を蹴《け》って彼から逃れようとした。しかし彼は侮蔑《ぶべつ》的なほどやすやすと唇を押しつけ、レクシーの唇を開かせた。

彼の侵入を防ぐ手立てはなかった。そのうえ恐ろしいことに、意志とは関係なく、渦巻く欲望に火がつくのを感じる。なんとかやめさせようと、レクシーは夢中で彼のあごを爪で引っかいた。

ジェイクはぱっと顔をそらした。目が怒りに燃えあがった。「そういうことをしてはいけないよ、レクシー」彼は冷たく言い、レクシーをしっかりつかまえて身動きできなくした。レクシーはなおも殴りかかろうとしたが、ジェイクは彼女の両手をつかんで押さえつけた。

「やめて、ジェイク」けれど彼女はどうにもできなかった。薄い布地を通してジェイクの体の熱が伝わってくる。彼の強い欲望の証《あかし》もじかに感じる。レクシーはもう何も考えられなかった。略奪的な熱いキスは感覚を乱し、体に火をつける。恥と嫌悪からやめてと叫びたかったが、それとは裏腹に彼女の体はやわらかくなり、それ自身の意思でジェイクのたくましい体に寄り添っていく。

彼の力強い手が開いた襟からなかへ入ってくると、体がどうしようもなく震えた。ブラウスは一気にウエストまで開かれ、彼の手がふくらみをおおった。ブラはあっという間に外され、ジェイクは長い指で固いつぼみを焦《じ》らすようにつまんで、おかしくなったように脈打っている喉元に唇を当てた。レクシーは泣くような声をあげた。ほとんど苦痛にも似た激しい喜びが体を突き抜ける。レクシーは我を忘れた。強い原始的な欲求に、血液が溶けた溶岩のように体を駆けめぐる。

　唐突に、それは終わった。ジェイクはくぐもった声で悪態をつくとレクシーを押しのけた。彼女はソファの上にくずおれた。何が起こったかわからない。ついさっきまで二人は息苦しいほどの欲求にかられて抱き合っていたのに、いまはレクシーはソファに、ジェイクはその前に立ちはだかっている。レクシーは彼を見る勇気がなかった。体が意思を裏切って反応したことに苦い屈辱を感じる。彼を求めながらも、彼のことが憎かった。もっと悪いのは、彼女の体の裏切りにジェイクが気づいているに違いないことだ。

「服を着ろよ」ジェイクは軽蔑したように言った。「君には愛想が尽きる。そして何より、自分に愛想が尽きる」

　彼の言葉は残っていた欲望の火を瞬時に消した。氷のような寒気が肌を伝った。レクシーは手探りで乱れた服を直した。彼は私に愛想を尽かしている。でも、なぜそう言われて傷つくのだろう？

「今夜は君を抱かない」ジェイクは少し離れて立っていた。暗い目は不穏に光り、顔は怒りで赤らんでいる。あごにはレクシーの爪の跡がくっきりついていた。

「それは願ったりかなったりだわ」レクシーは冷笑した。ジェイクは私を嫌っている。悪意のオーラが体中から発散している。

「いまの僕の気分だと、それは愛の行為というより暴行に近い。君が僕をそういう気分にさせるんだ」

レクシーは息をのみ、防御するように胸を抱えた。

ジェイクは苦々しく唇をゆがめた。

「心配するな、レクシー。僕は怒りに任せて君を抱いたりしないよ。息子の命日だというのに」

「覚えていたの……」命日を覚えていることもだが、亡くなった子が男だったのをジェイクが知っていることが、よけいに驚きだった。

ジェイクは目を伏せて表情を隠し、ぞんざいに肩をすくめた。「もちろん。僕がここに来た主な理由はそれだから」

なんのことかわからないけど、ともかく彼が一緒のベッドに寝ないのは感謝しなければならないだろう。

「僕は子供がほしい。でも、それが自分の子だという確信は必要だからね」

それ以上レクシーを傷つける言葉はなかっただろう。「私は、絶対に……」彼女はジェイクにというより自分自身に向かってつぶやいた。

「いいや、子供は産んでもらうよ、レクシー。でもこの状況だと何週間か待たなければならない。僕は君のボーイフレンドの子供を育てる気はないからね」

「なんですって。あなたは……私は……」

「いいから、レクシー」彼はレクシーを抱き寄せた。「明日、君は僕と一緒に来る。僕は時が来るまで君からひとときたりとも目を離さない。それから僕らはほんとうの結婚生活を再開するんだ。わかったかな?」

「そんなことはさせない」言いながらも、彼の腕に抱かれていると、そうなるのではないかという恐ろしい予感がする。

「試しに一度ぐらい僕の話を聞いてみたらどうだ?」

「わかったわ」レクシーは歯を噛みしめた。

ジェイクは彼女を抱きあげてソファに座らせ、自分も横に座った。

「実に簡単なことだよ、かわいいレクシー。僕はこのホテルを買った。いまでは僕がここのオーナーだ。だから君は、僕に雇われていることになる」

信じられなかった。「あなたが……？　それなら私は辞めるわ」

「君が僕の言うとおりにしなかったら、僕は売買契約をキャンセルする。そしたらシニョール・モニチエリは金を手に入れられないし、彼の息子は治療を受けられない」

「ホテルの買い手はほかにもいるわ。実業家はこの世にあなたひとりじゃないんだから」

「たしかに。しかし、君は重要な要素を忘れてないか？　若いマルコにとって、時間はとても大切だ。このホテルはここ二年ほどほんのわずかしか利益を上げていない。僕には、これがうまみのある投資でないことを一般に知らしめる力がある。もし若いマルコのアメリカ行きが延期になるか中止になるかしたら、どうなる？　金がないからといって、一生車椅子に縛りつけられるのは残念だよな」

レクシーは恐れおののいて厳しく整った顔を見つめた。深いブルーの目には同情心のかけらもない。なんてこと！　二人のあいだには憎悪しかないとわかっているのに、この男にまた縛りつけられるなんて。「なぜ――なぜ私なの？」頭がくらくらする。少しもわけがわからない。

「君は僕の妻だ。僕には財産があるから、跡継ぎがほしい。離婚もよしとしない。妻が別の男との結婚を考えていると聞くのもうれしくない」

なるほど、そういうわけね。私にボーイフレンドがいるとわかって、彼はプライドを傷つけられたんだわ。典型的な男性優位主義者だ。自分が秘書と浮気をするのはかまわない。でも別居中の妻が同じことをしているらしいとなると、ほんのささいな噂《うわさ》を聞いただけで、イタリアに飛んできて止めようとする。男はいい、女はだめというわけ。でも、驚くには当たらない。彼は結婚の誓いを破っておいて、女友達と一緒にシャンペンで祝おうと提案するような人なのだから。いわゆる洗練された都会派ってわけね。私にはとてもついていけない。

レクシーは窓辺に寄って、外の暗闇《くらやみ》を見つめた。私のせいでホテルの売買契約がキャンセルになったら？ マルコが一生車椅子に縛りつけられることになったら？

「あなたは本気で人の運命を左右するつもり？」

「そうだよ。でも実際問題として、彼を車椅子に縛りつけるのは君であって、僕ではない。で、どうする？ イエスか、ノーか」

そんなのフェアじゃない。私がモニチェリ一家を裏切れないことはジェイクもよく知っているはずだ。五年前、私は彼らのおかげで正気を保っていられた。彼らには恩がある。どうして、私の人生が軌道に乗ってきたいまになって？ ダンテ……ダンテ。私は今日彼に結婚の約束をした。

「ダンテに……彼になんて言えばいいの？」レクシーは無意識のうちにジェイクに答えを与えていた。

ジェイクの目が一瞬勝ち誇ったように輝いたが、彼の表情はまたわずかに硬くなった。「朝、出発前に電話すればいい。だけど直接会うのは許さない」

「出発？ 私はどこにも行かないわ。仕事があるから……」

「もうないよ」ジェイクは部屋を横切り、受話器を取ってダイヤルした。「ロレイン、明日朝一番でピッコロ・パラディーゾまで来てくれ。常勤のマネージャーが見つかるまで、こっちを任せたいんだ。ああ、頼むよ……じゃ、おやすみ」ジェイクは満足げな笑みを浮かべてレクシーのほうを向いた。「君の代理が明日の朝来る」

ロレインの名前を聞いてレクシーは石になったように立ちすくんだ。すべて手配ずみなのだ。ジェイクは何週間も前から計画を立てていたのだろう。

「私が離婚の手続きを始めたこととは関係ないのね」レクシーはつぶやいた。

「特にはね。僕は君を取り戻すつもりでいた。弁護士からのファックスはその計画を早めただけだ」

「ロレイン」その名前を言うだけで苦しくなる。「どうしてずっと前に私と離婚して彼女と結婚しなかったの？　彼女はまだあなたといる。あなたがほしがっている跡継ぎは、彼女に産んでもらえばいいじゃないの」

「ロレインは妻や母としてより、僕の仕事上の片腕としてのほうがずっと価値がある」

「そういうことなの？」レクシーは自分の聞いたことが信じられなかった。「私は、あなたのベッドに戻って子供を産む。一方で愛人は――」

「どうしてそんなに驚くんだ？　君は何年もイタリアに住んで、イタリア人と結婚しようとしている。この国じゃ、妻と母親は尊重され、愛人は楽しむほうを担当するというのがごくふつうなんだろう」

ジェイクは本気で言っている。「どこの国でも、私は不誠実な夫を我慢するつもりはないわ。あなたはそのことをだれよりよく知っているでしょう、ジェイク」私が彼のもとを去ったのも、彼の不誠実さが原因なのだから。

「そうか？」ジェイクは眉を寄せた。

レクシーは軽蔑するように鼻を鳴らした。何よ、しらばっくれて。

「ともかくそういうことだ。ロレインは僕のベッドに来ないし、ダンテは君の近くに寄らない。了解だね？　じゃあ、握手だ」

レクシーは自分が何をしているかほとんど意識し

ないまま、彼に手を握られていた。彼の愛人――あるいは彼を信じるなら元愛人――のロレインが、私の仕事を取りあげる。何年も前に夫を横取りしたように。ひどすぎる。どうしても納得できない。ジェイクは私を好きでさえもないのに……。

「あなたは前に私を欲深女と呼んだでしょう。子供の母親が守銭奴でもいいの？」

「その心配は僕がする。疲れた顔をしてるよ、レクシー。もう寝たほうがいい。僕はあと一つ二つ電話をかけなければならないから」

「ええ、もう寝るわ」レクシーは冷たく言った。「でもその前にひとこと言わせて。私はあなたのことを見下げ果てた人だと思ってるわ。良心もモラルもない完全な悪人だってね。私はあなたが嫌い。いまも、これからもずっと」彼女の静かな口調は、激しい怒りの爆発よりずっと実感がこもっていた。

5

レクシーは頭を上げ、背筋をこわばらせてベッドルームに向かった。逃げ出したいほどに彼を恐れていることは絶対に知られたくなかった。いずれにしろ、今夜は私に触れないと彼自身が言ったのだからと自分を安心させてベッドに入る。数時間後、レクシーはまだ悶々《もんもん》として寝返りを打っていた。でもやがて、この苦境から抜け出る方法はないかと考えているうちに精神的に疲れ果て、彼女はとうとう眠りに落ちた。ジェイクがそばに来てくれることを願う内なる裏切り者の声に、耳をふさぎながら。

レクシーは半分目を開けた。遠くでベルが鳴っている。目覚ましだわ——もう七時なの？　彼女は腕を伸ばしてサイドテーブルのうるさい時計を黙らせた。伸びをしようとして、突然凍りつく。ウエストの上に何か重みがかかっているのと、指が胸のカーブにそって当てられているのに気づいたからだ。昨夜《ゆうべ》の恐れがぼやけた頭を直撃する。ジェイクが戻ってきた。しかも私のベッドに……。

　レクシーはゆっくりと首を回した。ジェイクはうつぶせに寝て、長い腕を彼女のウエストの上に投げ出し、もう一方の腕をベッドの脇《わき》に垂らしている。向こうを向いているので顔は見えないが、黒い髪はくしゃくしゃになり、重い息遣いが大きく空気を満たしている。レクシーは息を詰めた。ナイトドレスの生地を通して伝わってくる指のあたたかみが、苦しいほどになじみのある反応を引き起こす。レクシーは唇を噛《か》んで、急速にわいてきた欲望を押しころした。ジェイクがよく眠っているのを確かめ、注意深く彼の腕の下から抜け出してベッドを下りる。ジェイクがうなって寝返りを打ち、あお向けになったのでびくりとしたが、大丈夫だった。彼は目を閉じたままだ。

　完全にリラックスした顔は、いつもよりずっと若々しい。額には無造作に髪がかかり、厳しい口元はゆるんでいる。レクシーはその髪を額から払ってあげたい衝動をこらえた。黒っぽい毛におおわれた胸は規則正しいリズムで上下し、長い手足は大の字に広げられている。彼は圧倒的に男らしく、かつどこか無防備で、触れられるのを待っているかのようだった。

　私は何を考えているんだろう。レクシーは頭を振り、足音を忍ばせてバスルームに向かった。強いアルコールの匂《にお》いが部屋に充満している。まさかジェイクは大酒飲みになったんじゃないでしょうね。酔っぱらいの夫だけは願い下げだ。

十分後、レクシーは黒いスカートと糊《のり》のきいた真っ白いブラウスという、いつもの制服に着替えて出てきた。まだ眠っている彼にちらりと目をやって唇をゆがめる。目が覚めたら、ひどい二日酔いに悩まされることだろう。いい気味だわ。リビングルームに行くと、ソファのそばのテーブルに空のウイスキーのボトルとグラスが置いてあった。どうやらジェイクはひと晩飲み明かしたようだ。なぜだろう。

昨夜私は怒ってさっさとベッドに入ってしまった。あれからどうなるか心配ではあったけど、まさかジェイクが酔っぱらうなんて考えもしなかった。彼はパワフルでダイナミックな男だ。年月は彼の男らしさを少しも減じていない。彼には、蜜《みつ》に蜂《はち》が群がるように女性を引きつける野性的な魅力がある。彼のベッドから満足することなく出ていった女性はこれまでひとりもいないんじゃないかしら……。

いけない。また私は夢想にふけっている。この苦境から逃げ出す方法を考えるべきなのに。白昼夢を見ている場合じゃないわ。

フロントに向かおうとして、レクシーは目を見開いた。背の高いエレガントな女性が、金魚のように口をぱくぱくさせているフランコに、冷静に、てきぱきと何か指示を出している。ロレインだ……。

「失礼します。何か問題でも？」レクシーは断固とした口ぶりで割って入った。

ロレインがぱっと振り向いた。完璧《かんぺき》にメイクした目のまわりにいくらかしわが増え、光る唇が前よりかたくなな感じになったものの、相変わらず人目を引く美しさだ。クリーム色のスーツも、それに合わせたバッグと靴も、最高級のブランド品だった。

「別に何も、レクシー。新しいオーナーの命令で、今日から私がマネージャーだということは知ってるわよね。で、ジェイクはどこ？　彼と話がしたいの」

「久しぶりね、ロレイン。相変わらず有能でいらっしゃること」夫の愛人を見ると心が傷ついた。レクシーはそんな自分の弱さを憎んだ。

「この坊やで見るかぎり、ここは〝有能〟とは無縁のところみたいね。この十分ばかりジェイクの部屋はどこかときいてるんだけど、ちっとも要領を得ないの」

レクシーは非常な満足感をもって言った。「フランコはジェイクが昨夜からずっと私の部屋にいるとは思わなかったんでしょう。彼はまだ寝てるわ。すっかり疲れきっちゃってね、かわいそうに」彼女はわざとらしく声をひそめた。「でも、どうしても起こしたいなら……」レクシーはかぎを差し出した。ロレインはそれを奪い取ると、ひとことも言わず階段に向かった。

「辞めるってほんとなんですか、レクシー？」フランコは堰《せき》を切ったようにしゃべり始めた。彼を静めるのに五分かかった。レクシーはすべてにうんざりし、昨夜すべきだったことをした。車に乗って、ホテルを抜け出したのだ。逃げるわけじゃないと自分に言い訳する。考える時間が必要なのだ。ダンテには、直接会って事情を話す義務がある。

レクシーはソレントに向かいながら、つけられていないかと、ちらちらバックミラーを見た。理性で考えればそんなことはあり得ないのはわかるのだが。ジェイクはたとえ目が覚めても運転できる状態ではないし、どちらにせよ、彼はロレインと一緒なのだ。ジェイクは昨夜、結婚をやり直すなら不実はしないと誓ったが、私たちはほんとうの意味で夫婦生活を再開したわけではない。ということはいまもロレインが、私がたったいま空けてきた場所――ジェイクのベッドにいる可能性はある。

レクシーは朝早くから開けている小さなカフェの前で車を止めた。ダンテのアパートはこのすぐ近くだ。レクシーはカウンターに座ってカプチーノを注文した。一杯目を飲み干して、二杯目を注文する。やっと人心地がついた。

ようやく頭がはっきりしたので、彼女はシニョール・モニチェリに電話した。私はまだ負けていない。ジェイクの話がほんとうかどうか、自分で確かめる必要がある。五分後、答えははっきりした。シニョール・モニチェリは彼女がもっとも恐れていたことを現実のものにした。彼は一日も早くホテルが売れることを望んでいる。今朝入金の約束で、明日マルコとともにアメリカに発《た》つ予定なのだという。

「それは……よかったですね」

「まったく。何事も起こらないことを祈ってる。君を頼りにしてるよ、レクシー。私にしてくれたように、新しいオーナーのためにがんばってくれ。彼が十二カ月以内撤退というオプションを使って最後の払い込みをしなかったらたいへんなことになる」

「最後の払い込み？」

「そう。代金は三回の分割で支払われる。最後の払い込みは一年半後だ。だから、彼にはよくしてくれ。頼むよ」

一年半後という言葉を聞いて、レクシーが立てようとしていた計画は無に帰した。

レクシーは受話器を戻した。彼の最後の言葉が頭に響く。〝君とダンテの結婚が決まったら知らせてくれ。式には出席させてもらうよ〟なんというジョークだろう。でも、一つの疑問は解けた。シニョール・モニチェリは私を裏切ったのではない。彼は明らかにジェイクが私の夫だとは知らないようだ。

時計を見ると、いつのまにか九時になっていた。レクシーは二杯目のコーヒーを飲み干して、ダンテの店に電話した。ジェイクが最初に私を捜しに来る場所だろうと思うから、店には直接行けない。受話器を置いて、レクシーはにじんだ涙を拭《ぬぐ》った。なんて理不尽なの。ダンテのように善良で親切な人に、こんな仕打ちをしなければならないなんて。

レクシーはのろのろと車に戻った。暑くて、よく晴れた日だった。気温はもう二十七度を超えている。ダンテとは九時半に会う約束だ。それまでに彼になんと言うか考えなくてはならない。

レクシーはハンドルの上にうつぶせになって目を閉じた。私には逃げるところがない。私の生活も、持っているすべても、ホテルにある。涙が一滴頬を伝った。シニョール・モニチェリを裏切ることはできない。私はとらわれの身になってしまった。ジェイクは自分の思いを通すためなら何事もためらわない、冷酷無比な男だ。

レクシーは結婚する前、彼と話し合ったときのことを思い出した。彼女は、ジェイクが父の負債を払ってくれるというので当然フォレスト・マナーをそのまま持っていられると思っていたのだが、ジェイクは、ホテルにする計画は変わらないと言った。でも一角は自分たちの住まいにするから、家を失うわけではないと。いま思えばそのとき、ジェイクが自分のほしいものを手に入れるためには少しも迷わない男なのだと気づくべきだった。

ダンテになんて言ったらいいだろう。真実を打ち明けられないことだけは確かだ。彼は私の味方になって正義のために戦うと言い張るタイプだ。でもジェイクは手強《てごわ》い敵だし、ダンテのかなう相手ではない。もしダンテが邪魔だてしたら、ジェイクは彼をがつがつ食べて、ぺっと吐き出すだろう。

レクシーはソレントの中心であるタッソー広場に入り、友達がマネージャーをしているホテルの駐車場に車を止めて、切れ目のない車の流れを縫いながらカフェ・ファウノに向かった。町でいちばん人気の待ち合わせ場所だ。レクシーが心配げな目で見回すと、ダンテが彼女を見つけてほほえみ、立ちあがった。レクシーは急いでそちらに向かった。

「そう急がなくてもいいだろう、レクシー」深い声が耳元で響いたと思うと、腕がつかまれた。

「ジェイク」レクシーは驚いて彼を見あげた。今朝の彼はベージュのチノパンツにブルーのコットン・シャツを着ている。開いた襟元から力強い首と黒く縮れた胸の毛がのぞいている。

「僕のフィアンセから手をどけろ」ダンテが前に立った。目が怒りで細くなっている。「大丈夫かい、いとしい人《カラ》？」ダンテは彼女の頬にキスしようとした。

しかしジェイクは乱暴に彼女を引き離した。「僕の妻から手と口を放せ」

「妻？」ダンテは驚いて眉を上げ、二人を見比べた。

「いまは、もう違うだろう」彼はすぐに状況を読んで、レクシーのもう一方の腕をつかんだ。「だからこんなに急に会いたいと言ったんだね、カラ。彼がトラブルを起こそうとしてるのか？」

レクシーは二人の男に引っ張られて、ぼろ人形のようになった気分だった。彼女が口を開くより先に、ジェイクが言った。

「僕の妻から手をどけないと、めんどうなことになるぞ。もう終わったんだ。今度妻の近くをうろうろしてるのを見たら、体中の骨をへし折ってやる。わかったか？」

ジェイクはレクシーとダンテの前に立ちはだかっている。顔は岩のようにけわしく、目は敵意でぎらぎらしている。

ダンテは手を下ろした。「何があったんだ、レクシー？　きのうは、あと六週間で離婚が成立するから僕と結婚すると言ってくれたじゃないか」

レクシーは泣きたくなった。ダンテは傲慢《ごうまん》なジェイクに公衆の面前で侮辱されなければならないようなことは何もしていない。

「彼に言ってやれよ、レクシー。昨夜僕の腕のなかでどんなふうに夜を過ごしたかを」ジェイクの指がウエストに食い込んだ。

「なんだって！」ダンテは黒い目に苦悩を浮かべて叫んだ。それから急に母国語に戻って、どうしてジェイクと寝たのかと詰問した。

レクシーは口ごもりながら説明しようとしたが、ダンテは信じようとせず、怒濤《どとう》のようなイタリア語で、なぜ自分には拒否しながら、何年も会っていない男とはすぐにベッドに行ったのかと詰め寄った。

レクシーは弁明しようとして口をつぐんだ。ダンテが私のことを悪く取るほうがいい。そのほうが彼は早く立ち直れるだろう。自分が彼を愛していなかったことに、レクシーは悲しい気持ちで気づいていた。そして彼にはこんな仕打ちがふさわしくないことも。「ジェイクの言うとおりなの、ダンテ。ごめんなさい」彼女はジェイクにもわかるように英語で言った。

ダンテの人のよさそうな顔に寒々とした幻滅が浮かんだ。

「ジェイクと私は仲直りをしたの。そうよね、ダーリン？」彼女は嫌悪感を隠しもせず、嘲笑《ちょうしょう》するように言った。

「おめでとう。幸せを祈ってるよ。無理だと思うけどね」ダンテはきびすを返し、広い肩をいからせて歩き去った。

レクシーは涙をためてその後ろ姿を見送った。

「同情することはない。彼は僕より年上じゃないか。あいつに君を満足させ続けるのは無理だね」

「よくそれだけ無礼でいられるわね！　私は自分でダンテに話したかったのよ。だいいち、どうしてここがわかったの？」

「簡単だったよ。あいつの店に行って後をつけたんだ。君が彼のところに逃げ込むのは予想できたからね。でも君は時間を無駄にしてるよ。今朝モニチェリと話したんだろう。彼から僕に電話があった。君はどこにも逃げられない。だからもしコーヒーを飲まないなら、もう出よう」

　彼はいつものように正しい。でもレクシーは嫌みを言わずにいられなかった。「あなたこそコーヒーが必要なんじゃないの。今朝、部屋中にウイスキーの匂いが充満してひどいものだったわよ。お酒も、あなたの欠点の一つに加わったの？」

　けれど彼の深い青の目は氷のように冷たく澄んでいる。二日酔いの気配はまったくない。

「がっかりさせて悪いが、頭はこれ以上ないほど冴《さ》えてるよ。昨夜のウイスキーは飲んだよりズボンにこぼしたほうが多かった。朝寝したのは時差ぼけのせいだ。きのうの朝、アメリカから帰ったばかりだから」彼はレクシーのほうに頭を寄せた。「きのうは欲求不満にさせて悪かったね。でも、心配するな。償いはするよ。君の愛人を取りあげてしまったんだものな」

　それのふくむ意味を理解して、レクシーは赤くなった。「私は、別に……」

「ここは君のセックス・ライフについて話し合う場所じゃない。行こう、車が角に止めてある」

「行くって、どこに？　それに私の車はどうするの？　コンチネンタル・ホテルの駐車場に止めてあるのよ」

「それはあとでなんとかする。乗れよ」

　輝くブガッティの助手席に座ると、ジェイクが前から手を伸ばして彼女のシートベルトを締めた。そのとき彼の手の甲が胸の先端をかすったので、レクシーはぴくりとした。

　ジェイクが彼女の目をとらえた。彼女の反応をおもしろがっているようだった。彼は薄い生地の上から胸を手でおおった。「なんて敏感な。ダンテを追い払って、君のためにいいことをしたよ。彼はとても君の炎のような情熱に応《こた》えられないだろう」

レクシーが必死で辛辣《しんらつ》な答えを探しているうちに、ジェイクは車をスタートさせた。彼女は反抗的に頭をそらして窓の外に目を向けた。この人と言い合いをするのはよそう。彼を満足させるだけだ。「次の角を左に曲がれば、ホテルへの近道よ」

「ホテルには帰らない。ポジターノの僕の別荘に行く」

「そんなことできないわ。私の服も持ち物も、全部ホテルにあるんだから」

「それもなんとかするさ。君にまた逃げるチャンスを与えたくないからね。逃げられない場所に確保しておきたいんだ」

逃げる――でも人は逃げ出すことでほんとうに過去から逃れられるのだろうか。いま思えば、最初にジェイクとその愛人から逃げたのが最大の失敗だった。もしとどまってジェイクの浮気を理由に離婚を申し出ていたら、承認されただろう。子供を亡くしたばかりのかわいそうな妻として。二日ほど前、弁護士がそう言っていた。けれど長いこと別居したあとでは、浮気は強力な理由にはならない。やはりあと六週間で五年になるのを待つほうがいいだろうと。

すぐに来そうで、なかなか来ないその日。私はほとんど勝っていた。あとほんの少しで自由になれるところだった。でも〝ほとんど〟ではだめなのだ。

レクシーはあきらめたようにため息をついた。ジェイクはいつも勝つ……レクシーはハンドルに軽くかけた彼の手を見た。彼はパワフルな車を楽々と操る。ほかのどんなことも。自分が完全に彼の支配下にあると考えると恐ろしくなる。

でも五分後には彼の卓越した運転技術をありがたく思うことになった。車はスピードを上げ、名高いアマルフィ・ドライブをひた走る。レクシーは窓の外を見て息を止めた。片側は急な崖《がけ》がそびえ、もう一方の側は、海までほとんど垂直に切り立った崖になっている。ここは地中海でももっとも壮大な光景を持つ場所の一つで、多くの映画で、有名なカー・チェイスの場面に使われている。でも暗いトンネルや、はらはらするような急カーブを行くには、技量と勇気のあるドライバーでなくてはならない。レクシーは口を開く勇気がなかった。その代わりにカプリ島や、海岸線近くの小さな島々や、白鳥のようにすいすいと動く豪華なヨットに目を当てていた。

ポジターノに別荘を持つなんて、よほど裕福でなければ無理だ。ポジターノには一度行ったことがある。とても洗練されたショッピング・センターがあって、アルマーニやヴァレンチノなどの有名ブティックが軒をつらねていた。客は丘陵に点在する別荘で休暇を過ごす大富豪たちだ。俳優など、多くの有名人がいる。

車がいきなり右に曲がったと思うと、狭い道を上り始めた。目の前の高い鉄の門にぶつかると思った瞬間、ジェイクがダッシュボードのスイッチを入れ、門が開いた。急な短いドライブウェイを行くと、大きな石のアーチと広い庭があった。

「僕の家だ。気に入ったかな？」ジェイクが車を降りて助手席のドアを開けた。

レクシーは目を丸くしてあたりを見回した。角やアーチに原石を使ったスタッコ仕あげの輝く白い家は、一つの芸術作品だった。丘陵の中腹に立っていて、長い環状のテラスが三階建ての各階を囲んでいる。幾種類もの花が咲き、蔦《つた》がからまり、大きなコンテナにはあらゆる色調のゼラニウムが何千と咲き誇っている。バビロンの吊《つ》り庭もかくやと思わせた。ジェイクはレクシーの腕を取って、広い石の階段を上がり、アーチ形の玄関ドアに向かった。ドアが開き、黒づくめの服装の小柄な年配の女性が出てきた。

ジェイクが女性に話しかけるのを聞いて、レクシーは驚いた。「あなたがイタリア語を話すとは知らなかったわ」見あげると彼はあたたかなまなざしで女性にほほえみかけている。かつてはジェイクも私をあんなふうに見ていた。それを思うと心が痛んだ。

「僕について君の知らないことはたくさんある。君はそれほど興味を持たなかったからね」

それはほんとうだ。結婚したころ、レクシーは若すぎた。夫を恐れ、崇《あが》めていたために、何もきけなかった。それに、二人きりでいる時間はたいていベッドにいたから……。

ジェイクは女性を家政婦のマリアだと紹介すると、大きな白い大理石の階段へとレクシーをいざなった。

「こっちだ、レクシー。早くその服を脱ぎたいだろう」彼はレクシーの全身にゆっくりと視線をすべらせた。

まるでじかに素肌を見られたようだった。鋭い震えが背筋を伝って下りた。

「制服は必要ない。ここはリラックスする場所だよ。そして僕は、僕以外に君が見たすべての男を忘れさせるつもりだ」

レクシーは赤くなった。でもジェイクの目に情熱はなく、その表情は空虚で冷淡だった。

階段を上がりきると広い廊下になっていた。大理石に響く足音が、レクシーには死を告げる鐘のように聞こえた。ジェイクは一つのドアを開けて、彼女を招き入れた。朝の光が差し込む部屋は広々と明るかった。キングサイズのベッドには凝った模様の白いレースのカバーがかけられている。

「主寝室だ。この階にはほかに寝室が一つと育児室。三階は、寝室が三つと、使用人の部屋。一階はあとで自分で見て回ればいい」

「すてきね」レクシーは礼儀正しく言った。部屋は家の角にあるらしく二面に大きな窓がある。レクシーは前面の窓辺に寄ってみて、息をのんだ。

そこから見える風景は言葉にできないほど美しかった。ドライブウェイは両側に木が植わっていたので、崖ぎりぎりまで続く幾列ものみごとな段状の庭が見えなかったのだ。そしてその向こうには青くきらめく海。遥《はる》か遠くにはカプリ島がぼんやりと浮かんでいる。浅い入江にそって視線を巡らすと、一方には豪華なヨットが停泊するポジターノの小さな港が見えた。まるで絵はがきのような美しさだ。レクシーはジェイクが後ろに来たのを感じて身をこわばらせた。まわりの空気に性的緊張を感じる。ベッドルームは、ジェイクといるには親密すぎる空間だった。

「いつからここを持っているの？」彼女は緊張をやわらげたくてきいた。

「一年ほど前からかな」

「どうして買ったの？」私のそばにいたいからだろうかという考えがふと心をよぎる。

「父が遺《のこ》してくれたんだ」

「お父さん？　でもお父さんはずっと前に亡くなったんだと思ってたわ」

「思い違いだ」彼は目をそらした。「そのことを、いまここで話し合うつもりはない」

同情しても無駄だってことだわ。「それじゃ……」レクシーは背をまっすぐに伸ばして歩いていきかけたが、長い腕がウエストにからみついて彼女を引き寄せた。

「そう急ぐな、レクシー。今朝のことでは君に貸しがある。自分から僕のベッドを出ていった女はこれまでひとりもいない。ましてほかの男のもとに逃げた女は」

「私は逃げたわけじゃ……」

「そうか？　だったら証拠を見せてもらおう」

6

「やめて」レクシーはジェイクを押しのけようとした。けれど彼の強い腕がウエストに巻きついて放さない。レクシーは指の下で彼の心臓が規則正しく打つのを感じた。彼の体温が手のひらを焦がし、体中に電気が流れたようなセンセーションが走る。

「君も僕を求めてる。自分でもわかっているはずだ。昨夜《ゆうべ》キスをしたとき、君の目がそう言っていた。その場ですぐ、君を自分のものにすることもできたんだ。どうして自分自身に喜びを拒否するんだ？」

　彼女はたしかにジェイクを求めていた。ぴったり抱き寄せられていると、彼のほうも欲求がどんどん募っていくのが感じられる。でも昨夜のことを言われて、屈辱感がよみがえってきた。「あなたは私に愛想が尽きるんでしょう？　そう言ったじゃない。どうして考えを変えたの？」

「あれは全部が全部ほんとうじゃない。欲深な性格はごめんだが、君の体はほしいということだよ」

「私はあなたなんかほしくないわ」

「嘘《うそ》をつくな。それは本心じゃない」ジェイクは彼女を抱き寄せて、空いたほうの手で一つ一つゆっくりと、ブラウスのボタンを外していった。「でも、君を納得させるには僕が必要らしいな」

　ジェイクの目の官能的な光が深まっていき、レクシーのすみれ色の目を射る。止めなければと思いつつも、レクシーは彼の磁力に麻痺《まひ》したようになっていた。彼の体が触れるたび、感覚が生命を与えられて躍りあがる。

　ジェイクは手際よくブラのフロント・ホックを外した。豊かなふくらみが、あたかも彼の手を求めているかのように、抑制から解き放たれる。「君はほんとに色っぽい女性になったね、レクシー」

　レクシーは息を吸い込み、もう一度、彼の胸を押した。「今朝のロレインだけでは充分じゃなかったの？」言い返そうとしたとき、ジェイクの力強い手が胸のふくらみをおおった。言葉が口のなかで消えていった。

「ロレインのことは忘れろ。約束しただろう。一定期間は忠実でいると」彼は親指で淡いピンクの先端をデリケートに撫《な》でた。「このぶんでは、ちっとも難しいことじゃなさそうだね、わがいとしの奥方」

　レクシーは身震いした。ジェイクは言葉と体で彼女を誘惑している。けれど彼女には抵抗する術《すべ》がなかった。

「レクシー、君は僕を求めているよ。このピンクのつぼみがいかに僕の指を恋い焦がれているか」深い声でつぶやきながら、さらに焦《じ》らせる。

　レクシーは目を閉じた。自分の体をコントロールできない屈辱に耐えられなかった。抵抗しなければとわかっているのに、出るのは小さなうめきばかりだ。

「目を閉じるな、レクシー。僕を見ろ」ジェイクは固くなった先端を指でつまんだ。

　レクシーは目を開けた。ジェイクの浅黒い、長い指が、やわらかで白い肌にくっきりとしたコントラストをなしている。どうかしている。でも、それに彼女は抵抗できなかった。あれからずいぶん長い時がたった……。

「君のほしいものを言ってごらん、レクシー」ジェイクは胸の谷間をそっと撫でて、大きな手で一方のふくらみをやさしくおおった。人差し指で肌の上に円を描きながら、飢えた先端からは少し離れたところで動きを止める。「こっちはほうっておかれて寂しがってるのかな」彼はからかって、軽く唇にキスした。「僕にきちんと頼んでごらん、レクシー。そうすればもっとやさしくしてあげるよ」彼はつぶやき、レクシーの体が本能的にそらされるのを見て、いたずらっぽくほほえんだ。

　唇がもう一度重なった。舌が開いた唇のなかに入ってくると、ナイフのように鋭い欲望が体を貫いた。ジェイクの指がとうとう固いつぼみをとらえる。レクシーはうめいて、ジェイクの広い背中を探り、体をぴったりとくっつけた。

「君は僕がほしい。君の体は嘘をつかない」そしてジェイクは、はちきれるようにうずく胸に頭をもっていき、片方の手で素肌を愛撫《あいぶ》しながら、唇でもう一方の先端をとらえた。そして軽く噛《か》んだり、キスをしたり、長くゆっくり吸ったりした。レクシーは喜びのあまり気が変になりそうだった。

「君はとても敏感だ。僕の唇を待ち焦がれている」彼の頭はもう一方の胸に移った。「両方とも平等にしないとな」そして彼は、それにも同じエクスタシーを与えた。

　自分が何をしているのか意識しないまま、レクシーは彼の黒い髪に指を突っ込んで、自分のほうに引き寄せていた。ジェイクが自分を抱きあげてベッドに運んだことにも気づかなかった。唇が重ねられ、彼の舌が彼女の熱く甘い味のすべてをむさぼっていたからだ。

　レクシーをベッドに横たえると、ジェイクは手際よくブラウスとブラを取った。手が喉をすべり、手のひらが丸いふくらみを片方、そしてまた片方と愛撫する。

「ジェイク……」レクシーは熱っぽく紅潮したハンサムな顔を見あげた。

「レクシー」彼は答え、スカートをしなやかな腰にそってすべらせた。「君にとって最高のひとときにしてあげるよ」

　ジェイクは喉のくぼみから胸の谷間へ、軽く唇を触れていった。そして彼女の美しい上気した顔から、枕《まくら》の上に乱れて広がる赤い髪に、ゆっくり視線を移していった。それは朝の光のなかで溶けた金のように輝いていた。ジェイクの官能的なまなざしは、彼に触れられるのを待っている、つんと尖《とが》った胸や、ウエストのやさしいカーブや、腰のやわらかな広がりへと流れていく。彼の手がレースの下着にかかって、それを形のいい脚にそってすべらせる。

　レクシーはどうしようもなく震えていた。彼の肌に触れたくてたまらなかった。理性では、彼がわざと昼間の明かりのなかで誘惑しているのを知っていた。でも、ずいぶん久しぶりだもの……。レクシーは彼のシャツのボタンを探った。

「僕に任せろ」ジェイクは彼女の手を押しのけてすばやく服を脱ぎ捨てた。

　レクシーは彼の輝くばかりの黄金色の体に目を走らせた。五年の年月は、彼の男性としての完成度をさらに高めていた。レクシーはしなやかな指で彼の胸の毛を分けて、固い乳首を見つけた。彼女はゆっくり、セクシーにほほえむと、小さな固い塊をひねった。

　ジェイクは喉の奥深くでうめいて、またレクシーの手を払った。そして彼女の腕を頭の両側に伸ばして固定すると、食い入るように目を見つめた。彼の目には、情熱、欲望――あらゆるものがあったが、それらとは別の何かが、早鐘のように打つレクシーの胸の鼓動を重くした。

「この瞬間を五年間待っていた」彼はかすれた声で言った。

　それは嘘だ。五年前、彼は私を早く追い払いたくてうずうずしていた。でもその思いは、彼の唇が額にごく軽く触れたときに、たちまち消えた。

「君の体が僕に組み敷かれて、君がもう一度僕の名前を呼んで懇願するのを、ずっと夢見てきた。でも僕は急がないよ、マイ・ダーリン・レクシー」

ダーリンという言葉にうっとりしていいはずなのに、逆に恐れが官能のもやを突き抜けてきた。けれどしっかり抱き寄せられ、やわらかな毛や熱い欲望の証《あかし》が押しつけられると、またたく間に体が欲求に震え、恐れは忘れ去られた。

「僕は君を抱く――ほかの男のことが君の頭からすっかり消え去るまで。僕のすばらしい、欲深な、かわいい奥さん」

「欲深？」彼は前も私をそう呼んだ……。

「そうとも。だが僕が君を堪能《たんのう》するとき、そういうことは全部忘れられる」

レクシーは目を見開いて彼のこわばった顔を見つめた。そして明るい朝の光のなかでそこに見たものに体を震わせた。それは愛ではない。欲情でさえない。もっと不穏なものだ……。

情熱のもやのなかで、レクシーは考えようとした。欲深……彼はそう繰り返す。でも私は彼から一ペニーだって受け取っていない。そのとき、彼女は思い出した。ロンドンで別れたときのことだ。彼女は自分のプライドを保つために、結婚の誓いよりお金のほうがいいと言った。レクシーはほほえんで、彼を安心させようと口を開いた。

「ジェイク……」言いかけて口をつぐむ。もし欲深女のふりをした理由を話したら、彼がいかに私を傷つけたか、私がいかに彼を愛しているかに気づかれてしまう。その思いを最後に、筋の通った考えは頭から抜け落ちていった。

「レクシー、わかってる」彼はレクシーの腕から胸のカーブに、平らな腹部に手をすべらせていった。ヒップを丸く囲み、腿の内側に向かうが、そこにはとどまらず、まっすぐ足のほうへ行って、また上に戻ってくる。

レクシーの心臓はロケットのように早くなっていた。ねこのように喉を鳴らして体をすり寄せたくなる。レクシーは彼のみだらな挑発に身をそらし、もだえた。

「力を抜いて。君のほしいものをあげるから」彼はすばやく何度も、唇に、目に、喉にキスをした。「ここに興味深い白い三角形があるぞ。数学者だったら、フィールドワークをして計測するだろうな」ジェイクはビキニ・トップの跡が白く残ったところに舌を当てて、そのまま舌をぴんと立ったつぼみにすべらせた。

レクシーはうめいて、彼の手の甲にキスし、腕を噛んだ。彼の味が口に残り、匂《にお》いが鼻孔を満たした。彼女は嵐《あらし》のような官能の海におぼれていた。それは二度と経験することはないと思っていた感覚だった。

ジェイクの触れるあらゆる場所が百万もの喜びのポイントに変わる。彼の長い指が三つ目の三角を見つけた。レクシーは彼の名を呼んだ。「ジェイク……」

彼の目は暗い泉のようになった。彼は、レクシーを焼き尽くしているのと同じ狂おしいほどの情熱に震えていた。

まるで五年間閉じ込められて、突然解放されたかのようだった。レクシーにはあらゆることを経験する自由があった。もう一度ジェイクに求められる喜びを堪能する自由があった。彼の手が、舌が、より親密な愛撫を始めると、レクシーはもう死ぬかもしれないと思った。体の芯《しん》から震えが始まって、渦を巻き、円を描いてどこまでも広がっていく。

ふたたび唇が重なった。「君は熱い。とても熱い」ジェイクはつぶやいて、手を脚のあいだにすべらせ、やわらかなひだをとらえた。

レクシーは激しく震えた。ジェイクは彼女を見下ろした。彼のほほえみには、獰猛《どうもう》なまでの勝利感と厳しい自制とが混じっていた。

「君のほしいものを言ってごらん、レクシー」

レクシーは彼に手を差し伸べた。彼の重みが、彼の体がほしかった。灼熱《しゃくねつ》の欲求が、もっとも内なる存在を焦がしていた。

「言ってくれ、レクシー」

彼はすべてを要求している。私が懇願することを。レクシーは彼を憎んだ。けれど欲求が彼女を圧倒した。「ジェイク、あなたがほしい」声はかすれ、愛に飢えた体は弓のように震えた。「お願い、ジェイク……」

ジェイクはおおいかぶさったが、間際で動きを止めた。「君がやってくれ、レクシー。僕に確信させてくれ、愛する人……」

目と目がぶつかった。自身の欲求を抑えようと戦う彼の深い青の目はぎらぎらと光っている。彼が焦らすようにまた軽く体を動かした。レクシーは降伏のため息とともに、彼に勝利を与えた。彼女の手は汗にまみれた体をすべって、サテンに包まれた鋼鉄を見つけた。ジェイクの体はびくりと反応した。彼が深く入ってくるのにもう導きはいらなかった。

レクシーは彼にしがみついた。熱くて、濡《ぬ》れて、渇望する二人の体は、おかしくなったようなリズムで動いた。レクシーは広がっていく渦が自分を無限へと投げ出し、次々に襲う荒れ狂う解放の波に砕けるのを感じた。レクシーはすすり泣きとともに彼の名を呼んだ。彼は唇をふさぎ、最後の一動作で崖《がけ》を越え、レクシーとともに忘却の淵《ふち》へと落ちていった。

「重いだろう」ジェイクはしゃがれた声で無表情に言い、彼女の体から下りてあお向けになった。

ジェイクの胸は情熱の名残で大きく上下していたが、二人のあいだに置いた距離が、言葉以上に雄弁に彼の思いを語っていた。「ジェイク?」レクシーは彼のほうに手を伸ばした。

「何も言うな、レクシー。君は僕と同じくらい楽しんだんだ」ジェイクは彼女のほうを見ようともせずに言った。

レクシーは恥ずかしさに一瞬目を閉じた。いつものように彼は正しい。私たちは過去に数えきれないほど愛し合った。何も新しいことではない。でも、こんなに全面的に所有されたと感じたことはなかった。これはいいセックスだったと、自分を納得させる。私はより大人になったのだから、そのように受け止めることができる。ともかくも、彼は私の夫なのだから。けれど、この言い訳が何より悲劇的なことは、レクシーにもわかっていた。

ジェイクは起きあがって、横たわった彼女を一瞥《いちべつ》した。「君は僕を求めてたよ、レクシー。ありがたいことにね！　それを非常に満足のいくやり方で僕に確信させてくれた。僕らはうまくいくと思うよ」彼は唇をゆがめ、ベッドから下りて、裸も気にせず歩いていった。

レクシーは殴られたようにひるんだ。答えることができなかった。五年間の禁欲は、ジェイクの洗練されたテクニックによって終わりを告げた。ジェイクは故意に、彼の腕のなかで、私を思慮のない、みだらな女に変えた。以前はジェイクの行為は愛の最高の表現だと思っていた。でも、いま彼は、この行為は愛とはなんの関係もなく、ただの所有であることをはっきりと示してみせた。ジェイクは、理由はなんであれ私を取り戻そうとし、この五年間を、まるで存在しなかったかのように簡単に打ち消してみせた。〝女をベッドに連れ込めば、和解は簡単〟というわけ。ジェイクの言うとおり、私は彼を欲していた。けれどいま、彼が傲慢《ごうまん》に、独善的に、満足げに部屋を歩き回っているのを見ると、彼をきっぱり拒絶すればよかったと痛切に思う。

「シャワーを浴びるよ。それから書斎に行く。片づける仕事があるんだ」ジェイクはバスルームのドアに手をかけて振り返った。

レクシーは彼と目を合わせた。「あなたが大嫌い」そして私自身が大嫌いだと悲しい気持ちで思う。明るい朝の光が部屋を満たしている。まだ正午にもならないのに、私ときたら……考えるのも耐えられなかった。彼女はレースのベッドカバーの端をつかんで引きあげた。

「ちょっと手遅れじゃないかな。僕はもう全部見たよ」ジェイクはくすくす笑った。「僕はいつでも好きなときに君を抱ける。今朝のことで、君も僕もそれがよくわかった」

「子供が自分のだと確かめるために待つって言ってたのはどうしたの？」レクシーは挑戦するように言った。

一瞬ジェイクは目を細くして値踏みするようにレクシーを見、それから皮肉っぽく唇をゆがめた。「待つ必要はなくなった。今朝君のボーイフレンドがあらいざらい話してくれたからね。僕はイタリア語がわかるんだよ。忘れてないか？」

彼は今朝ダンテが怒って言ったことをすべて理解したのだ。ダンテが私と恋人関係でなかったことも。それでもレクシーは反抗的に言い返した。「あなたはすべてを知っているわけじゃないわ」

「知りたくもない。僕が望むとき君の体が僕のベッドにあるだけで充分だ」彼はバスルームのドアを開けた。「君の荷物がホテルから届いている。マリアが隣の部屋に運んでおいた。それから昼食は一時にパティオだから忘れないように。マリアは待たされるのが嫌いだからね」

レクシーは頭を垂れ、こぶしを握った。爪が手のひらに食い込んだが、心の痛みに比べれば何ほどのものでもなかった。彼女はジェイクに、自分をここに追い込んだ状況に、そして何より自分自身に腹を立てた。私は愚かな、意志の弱い、セックスに飢えた大ばか者だ。もっと悪いのは、自分が一生続く苦しみの世界に足を踏み入れたのではないかという、悪い予感がすることだ。

レクシーはふいに立ちあがった。行動すればよけいなことを考えないですむかもしれない。彼女はすばやく服を拾いあげた。ブラのホックを止めようとしてたじろぐ。ジェイクの愛撫のせいで、肌がまだぴりぴりしている。

ジェイク！　彼は、自分の望む場所で望む時間に私を利用でき、私は彼の命令に喜んで従うことを、これ以上ないほど明白にした。私に別の部屋を使わせてくれるのはありがたいと思わなければ。でも胸の奥深くで、彼女は何よりそのことに傷ついていた。

レクシーは隣の部屋のドアをそっと開けてみた。スーツケースがすぐ内側に置いてある。彼女はほっとして、なかに入っていった。

部屋を見回すと、思わず口元がほころんだ。部屋はゴールドと、クリームと、ごく薄いラベンダーのハーモニーで、それは美しかった。

ドアを入ると両サイドに鏡つきの衣装棚があり、それが小さい入口ホールの形になっている。部屋の左側の壁には四柱式ベッドがあり、天蓋《てんがい》からはラベンダーの縁取りのあるクリーム色のアイレット・レースをふんだんに使ったドレープがかかっている。ベッドカバーもおそろいだ。突き当たりには両脇《りようわき》に金のエロス像が置かれた長い窓が二つあって、そこからテラスと、その向こうのすばらしい風景が見える。窓と窓のあいだには、アメジスト色のフレームの大きな鏡があり、その前に女らしいデザインのソファと、それに調和した椅子と、ガラスと金の円形テーブルが置かれている。右手の壁には三面鏡のついた長い両袖《りようそで》のドレッシングテーブルが置かれ、これにも同じドレープがかかっている。

それはレクシーがこれまで見たなかでいちばん女らしい部屋だった。家具は全部真新しく見える。古典的な風景画からゲーンズボロの女性像まで、さまざまな絵が壁にかかっているが、それらはみんなベルベットの額に入り、サテンの蝶《ちょう》リボンで留められてリボンでつるされている。大理石のタイルの床には、オービュソン織りのラグがところどころに敷いてある。

ドレッシングテーブルの上に、車に置き忘れたハンドバッグと、小さなレザーの箱が並んでいた。それはレクシーの宝石箱だった。レクシーはふたを開け、少しためらってから、シンプルな金の結婚指輪を取り出した。もう何年も見ていないが、捨てる気にはなれなかった。

レクシーは指輪を手のひらに乗せた。こんなシンプルなリングが、かつては私にとって世界と同じ価値を持っていた。メグの夫トムの腕につかまって登記所に入っていった自分の姿が思い浮かぶ。胸がどきどきしていた。ウエディングドレスはデリケートな白のイギリス刺繍《ししゅう》を使ったもの。ジェイクは白いドレスを着るようにと言い張った。私がバージンだと知って、たった二回デートしただけで結婚しようと言い張ったのと同じように。あのときはジェイクが私を愛し尊重するあまり、単なる情事で終わらせたくないのだと信じた。

いま考えれば、あれは全部フォレスト・マナーを手に入れるための巧みな術策だったのだ。たしかに彼は父の負債を払ってくれ、レクシーを名義上の共同経営者にしてくれた。いまでは彼女自身、たいへんな金持ちになっているはずだ。でもジェイクが彼女の名前で開いたロンドンのマーチャント・バンクの口座には、いっさい手をつけていない。

「その指輪、まだ持ってたんだね。驚いたよ」

レクシーはびくりとして振り向いた。「どうしてこっそり近づいてくるの？」彼女は真っ赤になり、そんな自分に腹を立てた。

「こっそりなんてしてない。君が思いにふけっていて気づかなかっただけだ。楽しい思い出だったんだろうね？」ジェイクは彼女の握った手を開かせた。

レクシーは彼が思いがけなくすぐそばにいるので、ものが言えなかった。彼に触れられて胸が高鳴った。さっきのベッドルームでのイメージが頭に浮かんでくる。

「シンプルすぎて君の趣味じゃないだろう。何年も前にごみ箱行きだろうと想像してたよ」

「な、なんですって？」

「まあいい。ダイヤのを買うまでは、これで間に合わせておこう」ジェイクは少し尊大に言うと、無造作に金のリングを取りあげ、レクシーの指にはめた。

「いまもぴったりだ。ちょうど君と僕みたいに」

「よく言うわ」レクシーは嘲笑《ちょうしょう》したが、それはほんとうだった。彼は半時間ほども前にそれを完璧《かんぺき》に証明した。彼女は握られた手を見下ろした。でも指に光る金色のリングは、自分の立場の希望のなさを思い起こさせるばかりだった。レクシーは急いで手を引っ込めた。

「そんなにショックを受けた顔をするなよ」ジェイクは笑った。「僕らは結婚してるんだ。そして今度ばかりは、君は逃げられない。ああ、それでここへ来たわけを思い出したよ」

「仕事があるんじゃなかったの？」

「ある。でも、まずはパスポートを僕に渡してほしいんだ」

レクシーはドレッシングテーブルの上のバッグにちらりと目をやった。ジェイクはその意味を察して、すばやくバッグを取って開けた。

「やめて。私の個人的な持ち物にさわる権利はないでしょう」飛びあがってバッグを取ろうとして、レクシーはバランスを失い、転びそうになった。彼はレクシーを支え、バッグは床に落ちた。けれども大事なパスポートは、彼の手にしっかり握られていた。

「そんなにあわてないで、レクシー」

「返して」レクシーは彼のむこうずねを蹴《け》って、高く上げたジェイクの手に握られたパスポートを取り返そうとした。彼はレクシーを支えていた手を離し、パスポートを開いた。

「なるほどこういうことだったのか。ミス・アレクサンドラ・ロートンね」彼はその名前をまるで汚いものであるかのように口にした。「君は名義を変更しなかったんだな」

彼はこぶしを握った。とっさの防衛本能から、レクシーは壁に背中が当たるまで後ずさりした。

ジェイクは追ってきた。大きな体はこわばり、顔はかろうじて抑えた怒りで引きつっている。

「全部初めからの計画なんだろう。こんなにきれいな罪のない顔をしていて、実は腹黒いんだな」

「よくも、そんな……」ジェイクの目の、暗い深さが血を凍らせた。レクシーは言葉をのみ込んだ。

「君が怖がる理由は充分にあるよ、レクシー。でもいまは君にさわる自信がない。さわったら首を締めてしまいそうだから」彼はくるりと背を向けると嵐のように出ていった。

レクシーはそのあともずっと壁にもたれていた。一歩も歩けそうになかった。ジェイクがあんなに怒ったのをいままで見たことがない。他人の顔にあれほどの憎悪を見たのは生まれて初めてだった。レクシーはゆっくりと壁から体を起こし、ソファまで歩いていって、くずれるように座り込んだ。

私が何を計画したっていうんだろう。私がパスポートの名義を変更しなかったことは、むしろ感謝されていいはずだ。おかげで私は五年前に家を出ていくことができて、ジェイクと恋人を二人にしてあげられたんだから。あの人は頭がどうかしてる。

　計画ですって？　お笑いだわ。私は人生にほとんど計画を立てたことがない。それは私の欠点の一つだ。私は衝動で生きている。ジェイクと結婚したのも衝動のようなもの。イギリスを離れたのも衝動だ。もしとどまって戦っていたら、いまごろは自由の身だったのに。その代わりに私は、互いに憎み合う悪夢のような結婚生活にとらわれている。

　ジェイクは私を腹黒いと言った。なんというジョーク！　腹黒いのはジェイクのほうじゃないの。彼はフォレスト・マナーのために私と結婚した。たしかに父の負債は払ってくれたけど、それはジェイクがホテルから稼ぐつもりだった額にはとうてい及ばなかったはずだ。私が妊娠したのは、彼にとっては失敗だった。彼は子供なんてほしくなかったのだ。涙がひと筋頬を流れた。五年前の今日、私は子供を流産して、病院のベッドに横たわっていた。ジェイクはずっとあとになって顔を出した。仕事がどうのこうのという下手な言い訳をして。いま彼はふたたび現れ、子供を産むことを要求する。愛人のロレインは相変わらず献身的につき添い、私から仕事を取りあげる。そして私は夫の言うがまま。こんな皮肉な状況を耐えろというの？

　レクシーは打ちのめされてソファにくずおれた。自己憐憫《れんびん》の涙が滝のように頬を流れた。

7

レクシーは寝返りを打ち、どさりと床に落ちた。一瞬自分がどこにいるかわからない。窮屈な上着と思ったものは、軽いコットンのシーツだった。床に座ってあたりを見回すうち、今朝の出来事がよみがえってきた。レクシーはため息をつき、長椅子の枠に当たっていた肘をさすった。エレガントな家具だけど、寝るのに最適とは言えない。それにしてもだれかがこの部屋に入ってきてシーツをかけてくれたとみえる。そんな必要はなかったのだけど。暑くて汗をかいているから、お風呂に入りたい。彼女は何気なく腕時計を見て飛びあがった。もう四時近い。たしか一時に昼食と言われていたっけ……。

まあ、いいわ。昼食に間に合わなかったからといって、ころされはしないだろう。レクシーはバスルームのドアを開け、その美しさに思わず口元をほころばせた。でも壁一面の鏡に映る自分の姿を見たとたん、ほほえみは消えた。なんてひどい格好！　髪はやぶのように突っ立っているし、目の縁は赤いし、服はしわくちゃだ。

彼女は服を脱いで大きなダブル・シャワーの下に立った。体はずきずきするし、なめらかな肌にはところどころあざができている。でもあたたかい湯しぶきを浴びていると、徐々に痛みや緊張が取れてきた。彼女は丸い浴槽のそばの洗面ユニットに並んだ上等のシャンプーのなかから、ジャスミンの香りのするのを選んで髪を洗った。浴槽につかろうかと思ったが、その大きさから考えて湯をためるのに三十分はかかりそうなのでやめた。昼食を抜いても平気だと思ったが、胃袋のあたりが空腹を訴えているのがわかる。

レクシーは手探りでタオルを取り、髪にターバンのように巻きつけた。顔を上げたとき、彼女はタオルの結び目に手を当てたまま動きを止めた。

ジェイクが目の前に立っている。彼はレクシーのショックを受けた顔と、それよりずっと多くのものを見て、目を楽しげに躍らせている。

「とてもすてきだ」ジェイクは彼女の裸の体にゆっくりと視線を走らせて豊かな胸にしばらく目をとどめた。そしてさっと頭を傾けると、唇でその先端をとらえた。

レクシーはうずきが体を貫くのを無視しようと努めながら、後ずさって彼の頭を押しのけた。「出ていって」彼女は叫び、急いでバスタオルを体に巻きつけた。

「君の胸から滴を吸い取らずにはいられなかったんだよ、レクシー。怒ることはない」彼はおもしろそうに言った。

でもレクシーは少しもおもしろくなかった。そびえるように立っている彼は、バスルームではまったく無用の存在だ。彼がひどく魅力的なのは皮肉なことだった。白いショーツと白の袖《そで》なしのＴシャツから出た浅黒くてたくましい、長い手足は、レクシーの胸をどきどきさせるに充分だった。「バスルームではプライバシーがほしいわ。それほど無理な願望でもないと思うけど？」

「気分がよくなったみたいだな。かんしゃくが戻ってきたところを見ると」

「私は別にどこも悪くなかったわ。眠ってしまっただけよ」

「わかってる。呼びに来たんだが、あんまりすやすや眠っているので、シーツをかけて出てきた。君が満足させてくれたら僕がいかに親切になるか、これでわかっただろう」

それじゃシーツをかけてくれたのはジェイクだったのね。突如として私の生活に舞い戻ってきた冷酷無情な男のイメージには似合わない。「ありがとう……」レクシーは不承不承言った。「もしよければ、服を着たいんだけど」

「いいとも。さあどうぞ」彼は大仰なしぐさでバスルームのドアを開けた。

体にバスタオルを、頭にタオルを巻いた姿で威厳を保つのは難しかったが、レクシーは精いっぱい誇り高く頭を上げ、彼のそばを通り過ぎた。〝尊大なやつ〟と口のなかで毒づきながら。

「腹がへってるだろうと思ったから、マリアにサンドイッチとコーヒーを用意させたよ」

「わざわざ、よかったのに。おなかなんて、ちっともすいてないわ」レクシーは椅子に座り、テーブルに置かれたトレーに気軽に目をやった。「あなたがいるだけで女は食欲を失ってしまう」そう言ったとたん、腹がぐうっと大きな音をたてた。

ジェイクは頭をそらして笑った。レクシーは唇をゆがめたが、くすくす笑いを止めることができなかった。彼女はジェイクを見あげた。ユーモアを共有して、二人は見つめ合った。笑いが消えた。レクシーは目をそらすことができなかった。何か貴重なものが二人のあいだの空気を震わせた。

最初に視線を外したのはジェイクだった。「サンドイッチを食べろよ、レクシー。三十分後に階下《した》で待っている」彼はきびすを返して出ていった。

二十分後、サンドイッチをとっくに食べ終わり、レクシーは唇を引き結んで鏡に映る自分の顔を観察していた。さっきよりはましになったようだ。目の縁はもう赤くないが、目の下のくまがこの二十四時間のストレスを物語っている。数は限られているが正統派の自分のワードローブのなかから、彼女はミントグリーンの袖なしのシャツドレスを選んだ。持ち物は全部きれいに整理されている。たぶんマリアだろう。靴も衣装棚の下のラックにきちんと並べられている。彼女はドレスに合うグリーンの、はきやすいエスパドリーユを選んだ。髪をポニーテイルに結い、グリーンのクリップで留めると、もう階下に下りるのを先延ばしにすることはできなかった……。

でも結局、心配する必要はなかった。レクシーは軽食のトレーを持って階段を下り、見当をつけてキッチンに向かった。キッチンは明るく広々としていた。壁際にはパイン材の大きなアンティークの食器棚があり、デルフト焼きの青い模様の陶器が並んでいる。中央にはがっしりした四角いパイン材のテーブルが置かれ、はしご形の背の椅子がそれを取り囲んでいる。テーブルの向こうには、キッチン部分を区切るカウンターがある。レクシーが入っていくと、マリアが飛んできてトレーを取った。

「まあ、シニョーラ、どうぞそんなことはなさらないでください。トレーを下げたり、料理したりは私の役目ですから。シニョール・テイラーがなんておっしゃるか」

「心配しないで、マリア。自分のことぐらい自分でできるから」

「でも、これは私の仕事ですから」

レクシーは家政婦の非難がましい顔を見て内心ため息をついた。あまりいいスタートとは言えない。昼食は抜かすし、家政婦は怒らせるし。「ごめんなさい。ミスター・テイラーがどこにいるかだけ教えてもらったら退散するわ」

「シニョール・テイラーは十五分ほど前に出かけられました。八時の夕食には戻られます。夕食はダイニングルームと外と、どちらにお支度しましょうか、シニョーラ？」

ジェイクが三十分後に階下でと言ってたのはなんだったの？　きっと、もっと大事なことができたのね。たぶんロレインでしょうよ。「外でお願いするわ。ありがとう、マリア」少なくとも外のほうが親密な雰囲気にならないですむ。

それから三十分ばかり新しい家を探検して回った。状況が違えば、すてきな家だとうれしくなっただろう。日当たりのいいパティオに向かって開いているエレガントなダイニングルームとキッチンが奥側に、朝食用の部屋とジェイクの書斎、贅沢《ぜいたく》な家具をそろえた居間が前面のテラスに向き、堂々としたエントランス・ホールがそのあいだにはさまっている。レクシーは居間からテラスに出て、家を取り囲むテラスを歩きながら庭を見渡した。一段低いところに変形のプールがあって、透明な水が陽光にきらめいている。泳ぎたい。でもジェイクにビキニ姿を見られたくない。認めるのは腹立たしいけれど、私は彼の男性的魅力に対してあまりに無防備だ。

レクシーはプールに続く石段を下りた。そこからさらに、花が咲き蔦《つた》がからまる段状のテラスを五、六段下りる。あたりにはあたたかく甘い花の香りが充満していた。そして壁の向こうは壮大な海と島の風景が繰り広げられる。まるで別天地だ。でも崖《がけ》を飛び下りることができない私にとっては、ここは監獄と同じだ。

レクシーはゆっくりと家に戻っていった。ジェイクはどのくらい私をここに足止めするつもりだろう。彼の仕事はロンドンが中心だから理屈に合わない。でも理屈に合わないといえば、この二十四時間に起こったことは全部そうだけど。私がジェイクのもとに戻って子供を産むことを彼が望んでいるというのも不思議な話だ。前に妊娠したとき、ジェイクは決して有頂天にはならなかった。妊娠がはっきりして数週間もしないうちに、突然仕事でロンドンに行くことが多くなった。仕事というよりは、愛人とのつき合いが忙しくなったというのがほんとうのところだろう。

退院した晩にジェイクとロレインと食事をしたときのことは忘れられない。ロレインは、子供にあまり時間を割けないから、かえってよかったかもしれないと言った。いまではロレインの言いたかったことがわかる。ジェイクはそのときすでに結婚を解消しようとしていて、それをかわいそうな妻に告げるタイミングを見計らっていたのだろう。子供ができて話が複雑になるのは困るのだ。あの二人が五年後のいまに至るまで一緒にいて、ふたたび自分の人生を破壊しようとしているのだと思うと血が煮えたぎるようだ。

　レクシーはプールサイドで立ち止まった。いったいどうしてジェイクは離婚の話を進めなかったのかしら。彼女は、まるでそこに探す答えがあるかのように、きらめく青い水を見つめた。単に、お金の問題かもしれない……。

　たぶんジェイクは、離婚したら資産の半分を失うのを恐れているんだわ。それについては昨夜《ゆうべ》彼を安心させようとしたのだけど、信じてくれなかった。私のことを金銭ずくだと言ったロレインの言葉を、信じ込んでいるのだろう。でもロレインもやりすぎた。最初に私との結婚を思いとどまらせるために言った言葉が、今度は彼に離婚を思いとどまらせている。こんなに悲劇的でなければ笑ってしまうところだ。ああ、なんてこと。愛する赤ちゃんを失って、ジェイクとロレインにあとくされのないようにしてあげただけでは不足だというのかしら。どうして私はいつまでも彼らの迫害を受けなければならないの。

　レクシーはプールの水に手をつけて、熱い額を撫《な》でた。お金のことだ。それが唯一理屈に合う理由だ。けれど、ほかにもあるような気がする。男の自尊心。おそらくはプライド。ジェイクは私がだれか別の人を見つけるのが気に入らないのだ。

でも、そんなに単純なことだろうか。わからない。嵐《あらし》のように私の人生に舞い戻ってきたジェイクは、以前私が結婚していた人とはずいぶん違う。目の表情にも、痛烈な言葉にも、それを感じる。そして私たちのあいだにある、ほとんど手でさわれるほどの憎悪のなかに。悲しいことに、情熱も同じくらい激しく燃えあがる。ジェイクの欲望の強さに逆らえないのを私はいつも恥じている。欲望というよりは、もっと原始的な欲情。いちばんの恥は、それを自分でわかっていることだ。

レクシーは指のリングを見つめた。かつてそれは永遠の愛のシンボルだった。でもいまは冷たい所有の証《あかし》でしかない。レクシーはとぼとぼと家に向かった。

居間のソファに座り、あたりを見回す。とてもエレガントだ。家具はアンティークと現代イタリアもののミックス。上質の陶器とブロンズ像がそれらに趣を添える。装飾的な大型のマントルピース、その上の彫刻を施した大きな鏡。何もかも、すばらしく趣味がいい。

レクシーはため息をついた。もう何年も仕事が命だったから、何もしないことに慣れていない。大学に入ったときは特に職業的野心はなかったが、そのうち外国企業で通訳として働きたいと思うようになった。結婚と妊娠がすべてを変えた。ホテル・マネージメントの仕事を覚えられたことは、ジェイクに感謝しなければならないだろう。私はあの仕事が大好きだった。管理の仕事に素質があるらしいことを発見し、さまざまな種類の人たちとの出会いを楽しんだ。でもジェイクは自分が与えた仕事をまた容赦なく取りあげようとしている。

高級家具に囲まれた、しんとした居間にいると落ち着かなくなってきた。彼女は暖炉の上の電話でピッコロ・パラディーゾを呼び出した。私には自分の仕事をチェックする権利があると思う。それにあんなふうに突然姿を消したことにも罪の意識を感じている。アンナの声が電話の向こうから聞こえたときは、うれしさとなつかしさで胸がいっぱいになった。

「もしもし《プロント》、ピッコロ・パラディーゾです」

「アンナ、私よ。レクシー。私ね――」言いかけようとするのを、アンナが興奮した声でさえぎった。

「レクシー、あなたってほんとのダークホースよね！　ずっとだんな様がいるのを隠してたなんて。しかも、なんて途方もないだんな様なの！　彼、最高にかっこいいわ。そもそもなぜあなたが彼のもとを離れたのか、理解できない。でもロマンチックよねえ、彼が追ってきて、再会するなんて。泣けちゃうわ――」

「ジェイクに会ったの……？」

「もちろん。今日の午後スタッフ・ミーティングに来たわ。いくつか変更はあるけど、彼は私たちがミスター・モニチェリのもとで一生懸命働いたことを認めて、今度は僕のためによろしくお願いしますって。すてきじゃない？　それから、聞いてよ、私、フロントの主任になったの。そしてフランコが、ミス・ロレインの後を継いでマネージャーになるの。ミスター・テイラーが新しく導入するパソコンの研修を二週間受けてからね」

「よかったわね」レクシーはどうにかそれだけ言ったが心のなかは波立っていた。私はなくてはならない存在ではなかったらしい。むしろその反対だ。その事実は彼女を傷つけた。「それじゃ何もかもうまくいってるのね。問題はない？」彼女はきかずにいられなかった。

「何も心配ないわ、レクシー。どうぞごゆっくり、ゴージャスなだんな様と楽しんで。私なら絶対そうするわ。ご主人、いまも来てるわよ。ミス・ロレインと彼にコーヒーを届けてきたところ。電話、つなぐ？」

「ううん、いいわ。じゃあ、また連絡するわね」レクシーは電話を切った。

　電話なんかしなければよかった。ジェイクはなんと手際よく、容赦なく、私の生活を組織し、仕事と友達を切り離したことか。レクシーはうなだれて思いに沈みながらテラスを行ったり来たりした。すばらしい日没には気づきもしなかった。ジェイクは私の生活と感情に大混乱を引き起こした。出口はどこにも見つからない。彼がまっすぐロレインのところに帰っていった事実は、癌《がん》のように自尊心とプライドをむしばんだ。彼は何年も前に私を裏切った。約束があろうとなかろうと、彼のことはもう信じられない。

　突然光が目に飛び込んできて、レクシーは飛びあがった。見回すと、ちょうど家の反対側に来ていた。あたりはもう暗い。庭に灯がともされ、木々のあいだの照明が、花や低木を照らしている。レクシーは長いあいだ周囲をながめていた。家のほうを見ると、キッチンの外側に、白い鉄製のダイニングテーブルと椅子が六脚置いてある。ピンクとブルーのクッションは大きなパラソルと同色で、パラソルの真ん中からは、すばらしい中国のランタンが下がっている。ダイニングルームの外には、座り心地のよさそうなデッキチェアが数脚と、低いテーブルがある。マリアが重そうなお盆を手に、せかせかとテラスに出てきた。

「手伝いましょうか？」

「いえ、結構です、シニョーラ」マリアはパティオのドアからキッチンに戻っていった。

　レクシーはため息をついて、手近のデッキチェアに座った。やわらかなクッションにもたれて夜の空を見あげる。とても平和だ。でも胸のざわつきは治まらない。

「僕がいなくて寂しかったかい？」のんびりした声に、レクシーの心臓は飛びあがった。

「ジェイク……」

「そうなのか？」彼はレクシーの髪のカールを軽く指に巻きつけ、やさしく耳にかけると、やわらかな耳たぶをさわり、そっと引っ張った。

彼はまだショーツとシャツ姿だ。髪は少し乱れ、あごが黒くなり始めている。彼は信じられないほどセクシーで、そのいたずらっぽいほほえみは、すべてを約束していた。レクシーは怒って彼の手を振り払った。どうしてジェイクはこれほどの影響力を持っているんだろう。彼がそばに来るたびに、肌に触れるたびに、彼の男らしさが私の心臓を直撃する。

「ずいぶん長い三十分だったわね」

「やっぱり、寂しかったんだな。君にそれを認めさせるのは不可能だろうけどね。悪かったよ。急な用事で呼ばれたんだ」

「それはそれは」彼女は皮肉った。ジェイクがどこにいたのかはよくわかっている。

「でも、いなかったのはほんの二時間だよ、レクシー、ダーリン。ひとことも残さず何年も姿を消す君とは違う」

レクシーはかっとして立ちあがった。「さぞかし私が恋しかったでしょうね」

「もちろんだとも」彼が静かな声で認めたので、レクシーは目を丸くした。

「そんなこと信じるわけがないでしょう」レクシーは横をすり抜けていこうとしたが、ジェイクが腕をつかんで引き止めた。

「それがすべてに対する君の答えなんだな、レクシー。そう、逃げることだよ。この数年で大人になったかと思ったが、思い違いだったようだ。君は前と同じ自己中心的な子供だ。だれを傷つけようと気にしない。夫であれ、友達であれ、メグやトムであれ。

自分がやりたいようにやれさえすればいいんだ」

「メグには手紙を書いたわ」

「一度だけ、バーレーンからね。かわいそうにメグは君が白人奴隷商人にさらわれたんだと思い込んだよ。そりゃあ君なら高い値段がついただろうが」

「そうじゃないわ」メグならそう考えたかもしれないと、いまになれば思う。居場所を知られたくなくて、アラブ人の宿泊客に手紙の投函《とうかん》を頼んだのだ。メグとトムに連絡を取り続けなかったことは、レクシーが唯一後悔していることだ。でもフォレスト・マナーでの生活はすべて忘れたかった。あまりにつらくて。

「僕らが君の身の安全を心配するんじゃないかとは考えなかったのか？　僕は君の夫だった。いまもそうだ。君に対しては責任がある」

まるで二人が別れたのは私のせいみたいに。なんていう神経をしているのだろう。「あなたならメグを安心させられたでしょうに。あなたは言葉巧みに女性を説得するのが得意だから」

「なんだって！　よくもそんなことが言えるな」怒りで彼の顔は赤黒くなった。「君はほんとうに、自分のことしか考えてないんだな」

「あなた、自分のことは棚に上げてない？」

「君はロンドンのアパートに入ってきて、僕らの取り決めに賛成して、僕がシャンパンを抜こうとしたら、いきなり飛び出していった。二度と僕の顔を見たくないと言って。君は非常に美しい女性だが、ナイフでぐさりとやる勘どころを心得てるよ、レクシー。みごとなもんだ。ホールのテーブルに結婚記念日のプレゼントを置いていったりして」

「悪かったわね、もっといいものでなくて。でもあのとき持ち合わせがなかったのよ」

「充分メッセージは伝わったよ。哀れな間抜けにプレゼントをやっとけば心配しないだろうってね。君はまだ赤ん坊を亡くしたショックから立ち直っていなかった。旅行に行きたいと言えば当然僕は許したよ。あれから僕はドクター・ベルに電話した。彼はもちろんかわいい奥さんに同情的だった。旅行はいちばんの治療法だ、自分自身それを提案した、僕の顔を見たくないと言ったのは本気じゃない、ストレスのなせるわざだろうとドクターは説明した。一週間たって僕が君を捜し始めたときはもう遅かった。君は消えていた」

「あなたが私を捜したなんて驚きだわ」なぜだろう？　あの日アパートで私が見たこと、聞いたことは間違いだったのだろうか。そんなはずはない。

「僕は愚かにも君がまだ落ち込んでいて、僕を必要としていると思っていた。君は賢く立ち回ったつもりだろうが、そうはいかないよ。僕をこけにしたり、逃げ出したりは二度とさせない。約束する」

「まあ、怖い。でも私の記憶では、あなたは約束を守るのがあまり得意じゃなかったわよね」レクシーは自分が傷つけられたように、彼を傷つけずにいられなかった。「忘れてない？　私は何週間後かには間違いなしに自由でお金持ちになっていたはずなのよ」

「それを言わずにいられないんだな。しかし今度は違っている。僕は百回生きても足りるぐらい金を持っている。君ですら満足させられるぐらい充分にね。そして君にも、必ず僕を満足させてもらう。今朝のことを考えれば、君も僕らの仲直りをそうつらいものとは思わないんじゃないかな」

レクシーは彼を見つめた。自分が何か重要なことを見落としているという奇妙な感じがする。そのとき二人の目がぶつかった。彼の目に厳しい意志を感じて、レクシーの足から力が抜けた。ジェイクがレクシーの髪を引っ張った。「だめよ。やめて。あなたは私にそんなことできないのよ」

「できるとも。僕は君を好きにできるよ、僕の薄情な奥さん」ジェイクは彼女を引き寄せた。レクシーはもがき、こぶしで彼をたたいた。

「あなたが嫌いよ」ジェイクが頭を下げた。レクシーは身をよじったが、彼の強い力には勝てなかった。

「それでは君に分別を教えたほうがよさそうだ」唇が強引に押しつけられた。頭がくらくらして、レクシーは、まるでジェイクが荒々しく彼女を略奪し支配しようとしているように感じた。ジェイクが頭を上げた。

「なんだ――マリア？」彼はうなった。レクシーはよろめいた。彼女は自由になっていた。

レクシーは激しく息をしながらラウンジチェアに座り込んで、震える指で腫《は》れた唇を拭《ぬぐ》った。

ジェイクは彼女を見下ろし、そのしぐさに気づいて言った。「僕のことはそんなに簡単に拭い去れない。それを忘れるな」彼はマリアに十五分ほど待ってくれと言い残すと家に入っていった。

夕食は静かなものだった。レクシーは向かいに座った男から目をそらしていた。彼は折り目のついた濃いグレーのスラックスと糊《のり》のきいた白いシャツに着替えている。とてもクールで、どこかよそよそしい。でもそれはレクシーには都合がよかった。彼とは話したくない。まださっきのことではらわたが煮えくり返っている。

「もっとワインをどうだい？」

「もう結構」

彼は目を細めてレクシーの反抗的な顔をながめた。それから自分のグラスを満たすと、話しかける価値もないというように黙って一気に飲み干した。

なんて男。いつも自制していて、他人を従わせる悪魔のような力に絶対的な自信を持っている。彼の傲慢《ごうまん》さをへこませるものはないのだろうか。「ねえ、ジェイク、どのくらいイタリアにいるつもり？　私の記憶では、あなたは仕事依存症で、座ってばらの香りをかいでるような人じゃなかったと思うけど」

「一週間。あるいは二週間。何年ぶりかで休暇を取ったのに、そんなに急いでイギリスへ帰ろうなんて言わないでくれ」彼は不気味にほほえんだ。「よければ二度目のハネムーンと呼んでくれてもいい」

「よくないわよ」彼女はぴしゃりと言い返した。

「レクシー、いい加減にしろよ。僕らは二人とも同じ罠《わな》にとらわれてるんだ。僕らのあいだの獰猛《どうもう》なまでの情熱を二人とも憎んでいるが、否定はできない。君は僕の妻だ。僕らは地上でもっとも美しい場所の一つにいる。ばかげた嫌悪感は引っ込めて、楽しむことに専念したらどうだ？」

「ばかげた嫌悪感？　脅迫されて、仕事も生活も乗っ取られることを、あなたはそう呼ぶの？」

「脅迫はないだろう。僕は君の夫だ。君をそばに置く権利がある。仕事のことは、修業の一つだったと思ったらどうだ？　君には僕のあちこちにある家の管理をして、さまざまな国籍の取引先の接待をしてもらわなければならないが、いまの君なら女主人役を完璧《かんぺき》にこなせる。この先、僕の社交関係の秘書兼子供の母親として、充分に忙しくなると思うよ」

　あちこちにある家！　それにはたぶん私の生家も入ってるんでしょうね。社交関係の秘書？　なんてずうずうしい……。「それって、あなたの忠実なロレインの領域侵害にならないの？」

「やきもちかい、レクシー？」

「まさか」

「ロレインは優秀なビジネスウーマンだが、はっきりものを言いすぎて、社交の場にはふさわしくないんだ。それに家庭の主婦としては不適任極まりない。一方君は、その役割にぴったりだ。外交官の娘として育ったから、だれとでも交わる術《すべ》が身についている。語学の才も、ピッコロ・パラディーゾで金持ちの客の世話をした経験も、すべてが僕のような立場の男の理想的な妻の役割に生かされる」

「脅迫者に社交関係の秘書なんて必要だとは知らなかったわ」でも彼の言ったことは恐ろしく理屈に合っている。彼からとうとう本音を聞いてレクシーは傷ついた。ジェイクはロレインとの関係を続ける一方で、私には栄誉あるハウスキーパーと子供の母親をやらせ、時には礼儀正しくて育ちのいい妻として社交行事に駆り出すつもりなのだ。

「もういいだろう。ばかげた悪口の言い合いはやめよう。君が僕の妻だということを認めろよ」

「ほかに道がある？」

「ないね」

「考えたとおりだわ」

「考えるのは僕に任せろ。人生がずっと楽になるぞ」ジェイクは彼女の手を唇にもっていって、手のひらに軽くキスした。

「明日から僕らの休暇が始まる。過去は忘れるんだ」ジェイクは立ちあがり、レクシーの手を引っ張って立たせた。

「そして休暇を楽しむの？　私にそんな名演技はできないわ」

「同じことだ。ベッドでは演じる必要がないんだから。僕は簡単に君をその気にさせられる。それは僕たち二人ともよく知っていることだ」

ジェイクは正しい。それゆえにレクシーは彼を憎んだ。「そうじゃない……」

「そうだ……」ジェイクは指でやさしく彼女の腫れた唇に触れた。「さっきはごめん。君を傷つけてしまったね」

親指の腹で唇をやさしく愛撫《あいぶ》されて、レクシーは息をのんだ。震えが背筋を伝って下りた。ジェイクを止めるべきだ、体を引きはがすべきだと思うのに、低いハスキーな声や、ロマンチックな舞台装置が常識を忘れさせる。

「君はかわいい唇をしてる。もっとよくキスさせてくれ」ジェイクはつぶやいた。

拒否しても無駄だった。そんなことは不可能だった。レクシーもジェイクと同じほど、二人のあいだに燃えあがる情熱にとらわれていたから。彼女はそれを憎み、ジェイクを憎んだ。でも体が彼のほうに引き寄せられるのを止めることはできなかった。

「食事はすんだけど、まだ君に飢えている」ジェイクはささやき、レクシーを抱きあげて家に運んでいった……。

8

「レクシー、まだかい？　頼むからもうちょっと急いでくれよ」

ジェイクの呼ぶ声が聞こえる。レクシーは最後にちらりと鏡を見て、バッグを肩にかけ、部屋を飛び出した。今日はポンペイに行くことになっている。あの声の様子だと相当いらだっているようだ。でも遅れたのは私のせいじゃない。今朝部屋にコーヒーを運んできたのはマリアではなく、ジェイクだった。そして私が飲み終わるか終わらないうちにベッドに入ってきた。彼の愛撫《あいぶ》で体がまだほてっている。それを認めるのは腹立たしいけれど。

階段を下りながら、レクシーはため息をついた。

ジェイクは謎《なぞ》の人物だ。別荘に来た最初の晩からずっと彼を理解しようと努めているのに、なんの成果もない。正直いって不服はないが。職を失ったことと、脅迫されていることを除けば、だけど。

　ジェイクと知り合ったころ、私は若くて世間知らずだった。いまはありがたいことに大人になり、彼と対等に向き合うことができるようになった。二人のあいだにある性的な化学反応は、否定しても無駄だ。ジェイクも私同様その情熱の人質になっている。お互いに対する憎しみは、その情熱にさらなる激しさと、よこしまな欲望と、体と意志の争いを加え、愛の行為を自制心との戦いに、ベッドを戦場に変える。ジェイクはその戦場からいつも勝ち誇って帰っていく。

　愛の行為——それは誤った呼び名だ。私たちの関係に愛なんて介在しない。煩悩、動物的な肉欲。でもどんな名称をつけようと関係ない。少なくとも私はそれを〝愛〟とは呼ばず、ありのままに受け止められるだけ大人になっている。でもときどき、情熱の残り火がまだくすぶっているうちに、セックス以外でレクシーに触れるのはぞっとするとでもいうように不作法なほど急いでジェイクが彼女から離れるとき、レクシーは心の奥底で、最初に結婚した愛情深い男性が姿を消したことを悲しまずにはいられなかった。

「レクシー」もう一度呼ぶ声を聞いて、彼女は駆け足でホールを抜け、ドアを出た。

　ジェイクは黒いブガッティのドアを開けて待っている。スマートなアルマーニの紺のショーツに、淡いブルーのポロシャツ。地中海の太陽が彼の肌をつややかな深いブロンズ色に変えている。彼は車と同じくらい、致命的な魅力を持っていた。

「やっと来たね。あまり暑くならない朝のうちにポンペイに行こうと言ったのはだれだったかな？」

「そして、そのかわいそうな私をベッドから出られなくしたのはだれかしら」

セクシーなほほえみがダークブルーの目をきらめかせた。「一本やられたな。さあ、乗って」

まるで昔のようだった。ジェイクはこの数日来の冷たく打ち解けない人物の殻を脱ぎ捨ててリラックスし、休暇を楽しむつもりでいる。レクシーもその変化に異議はなかった。爆弾を抱えたような緊張感から一時的にでも解放されるのはうれしかった。レクシーは吐息をついて豪華な車の助手席にもたれ、シンプルなブルーのサンドレスの短いスカートを直した。彼女も今日は楽しもうと心に決めていた。

駐車場に車を止めると、二人は手に手を取って古代都市の入口へと向かった。何百人という観光客が一分ごとに到着する何十台ものバスから吐き出されてくる。人々はひしめき合い、あらゆる種類の言語が飛び交う。

ずんぐりした年配のナポリ人がジェイクの袖《そで》をつかんだ。「ガイドはいかがです？　私はルイージといいます。私がいちばんです」

ジェイクは彼を見た。「いや、結構……」

「頼みましょうよ」レクシーが言った。「広い場所だし、私は一度来たことがあるけど、正直言って知識豊富というわけじゃないから」

それは賢明な選択だった。ルイージはすばやく手際よく二人をせき立てて群衆のあいだを縫い、入場料を払って、数分のうちに、かつては市への入口だったマリーナ門に二人を導いた。

「君は正しかったよ。金を払うだけの値打ちはあった。列の先頭に連れてきてなかに入れてくれただけでもね」ジェイクはほほえんだ。

「はい、止まって」ルイージは手を上げて二人の前に立った。そうなると彼らはもう、従うほかはなかった。続く二時間ばかりその小柄な男は、ガイドブックに載っている以上の知識を二人の頭に詰め込んだ。

「まず背景を説明します。それから先に進みましょう」ルイージは威厳をもって言った。「ポンペイは一つの集落で、紀元前八世紀に初めてその名前を与えられました。海抜四十メートル、サルノ川河口、ヴェスヴィオ山からと思われる溶岩流のとぎれたところに建てられ、人口二万五千、何世紀ものあいだ南北イタリア間の交易地として栄えました。ところが西暦七九年八月二十四日正午少し過ぎ、突然ヴェスヴィオ山が噴火し、太陽をおおいました。真っ赤に燃える溶岩が、逃れようのない人々を襲い、建物を破壊しました。そのあと火山灰が降り、あらゆる生命体は息絶えました。その後何世紀ものあいだポンペイは呪《のろ》われた地と考えられていましたが、千六百年たって発掘が始まり、さらに百五十年たつと、町は再発見されたと言える状態になったわけです」

「よくしゃべるね。でも彼はたしかに知識豊富だよ」ジェイクはこっそりささやいた。

急な坂道を上がると二つのアーチ道に出た。左は歩行者用、右は馬車用で、石で舗装された道についたわだち跡は深く、くっきりしていた。同じ規格寸法が今日の鉄道にも使われていると、ルイージは得意げに説明した。

「信じられないな。二千年もたったのに、いまも人々がどう暮らしていたかが正確に見られるなんて」ジェイクが通りや家々を見て感嘆した。

目を輝かせてあたりを見回すジェイクを見ていると、苦く甘い記憶がよみがえってくる。何年も前ハワード城を訪ねたときも、彼はいまと同じように熱心だった。

ビーナスの神殿や広大なフォロ広場をぶらぶら歩き、ローマ時代以前にさかのぼるバジリカの遺跡を畏敬《いけい》の念をもってながめる。ジュピターの神殿とアポロの神殿の凱旋門《がいせんもん》を見て、ジェイクは言った。

「彼らは神に関するかぎり両掛けして危険を防いだようだ」

「でもそれも役に立ちませんでした。自然の力は強大です。いままでも、これからも」

「僕たちは民間の哲学者をガイドにしたようだね」ジェイクは耳打ちした。

「そうね」レクシーはほほえみ返し、ルイージのあとについて公衆浴場のなかに入った。

「ごらんください。熱い風呂に水風呂、セントラル・ヒーティングに排水溝。みんな私たちが今日持っているものです。何も変わりません」そしてルイージは通りを歩きながら、服屋と、二軒隣の床屋を指さした。

「いまと同じで、女性方は服屋に行く。男は床屋に行く。女性を待って、代金を払うためにね。何も変わりません」ジェイクとルイージは男同士の共感からくすくす笑い合った。男性優位主義者ども、とレクシーは歯ぎしりした。

秘儀荘では色鮮やかな壁画に息をのんだ。もう一度外に出ると、今度は鉄の柵《さく》越しに、厳粛な面持ちで商店を見た。そこにはボウルや水差しなど、たくさんの日用品のほかに、石膏《せっこう》で形を取った人体や、腕や、胴があった。

ガラスケースに明らかに妊娠しているらしい若い女性が石膏像として永久保存されて横たわっている。レクシーは身震いしてその場を離れた。そして涙にかすんだ目で高い壁や、渦巻き装飾の柱や、通りや、家を見回した。

肩に手が回された。「大丈夫かい、レクシー？暑さに参ったのかな？」ジェイクの目には深い懸念が浮かんでいる。

「そうかもしれないし、違うかもしれない。わからないわ」

「思い出したんだろう。あの女性を見て」

レクシーは目を見開いた。これがあの冷酷無比なビジネスマン？　彼はいつからこんなに繊細になったのだろう。「そうね、たぶん。私は流産したけど、あの人は何もかも失ったでしょう。私、突然思ったの。まわりにこんなにおおぜいの人がいても、この場所には何かあるって。悲しみ、悲運のオーラみたいなものが」彼女はかぶりを振ってメランコリックな気持ちを振り払った。

「君が赤ん坊を失ったとき、僕はあまり力になれなかったね。そうだろう、レクシー？」

レクシーは突然立ち止まった。何も言うことを思いつかなかった。ジェイクは手に力をこめて彼女を自分のほうに向かせた。「ほんとに悪かったと思ってるよ、レクシー。君が僕をいちばん必要としているときに、君を失望させたんだものな」

その口調の真剣さとインディゴ・ブルーの目にある深い後悔は、彼が本気であることを物語っていた。

「そんなことはないわ」レクシーはジェイクの告白にとまどってまつげを伏せた。「私はとても落ち込んでいて、まわりのことにほとんど目がいかなかったの」周囲に目を向けていれば夫とロレインのことにもっと早く気づいていただろう。彼女は夫の手を振り払って歩き出した。「あなたはできるだけのことをしたと思うわ」

「いいや、違うよ！」ジェイクは彼女の腕をつかんだ。「僕は仕事のトラブルで頭がいっぱいで、当然するべき気遣いをしてあげられなかった」

仕事のトラブル。あのときも彼はそんなふうに言っていた。でもレクシーは自分の悲しみにとらわれるあまり、たいして注意を向けなかった。ジェイクの言うのはほんとうなのだろうか。レクシーは彼のハンサムな顔を探った。その表情は厳しいが真剣だった。そして彼の目に垣間見た感情は、驚くほどに深遠だった。

「僕は亡くした息子のことを話せなかった。つらすぎたからだ。でも、これだけは言っておく。もし僕たちに次の子供ができたら、僕はいつなんどきも君のそばを離れない。それだけは確かだ」

喉に熱い塊が込みあげた。レクシーはにじんでくる涙を必死で払った。「ありがとう」彼女はジェイクを信じた。するとどうなるのだろう？　ジェイクは単純にセックスのためだけにロレインに走ったのだろうか。私自身がそれに興味を失ったから？　もしそうだとしたら、彼の罪はより軽くなるのだろうか？　わからない……レクシーは彼のシャツの端をつかんで言った。「行きましょう。急がないとかわいそうなルイージが私たちを見失うわ」

「もう大丈夫？」ジェイクは彼女がわざと話題を変えたのに気づいて、苦笑しながら肩に手を回した。

「もちろん」レクシーはほほえんだ。でも彼の告白に、自分で認める以上の衝撃を受けていた。

疲れを知らないルイージについて、二人は通りを歩き回った。ある酒場の壁には、カードで鏡を使っていかさまをしている男たちの絵が描かれていた。

「ほらね、何も変わらない」ルイージは笑ったが、レクシーはほとんど聞いていなかった。

この数日彼女はセクシュアルな眩惑《げんわく》状態のなかで生きていた。でもジェイクの言葉は正確に彼女の立場を思い起こさせた。彼女は、何カ月かしたらジェイクの情熱が燃え尽きて、自由になれると思っていた。でも突然、そう簡単ではなくなってきた。もし妊娠したら？　流産したとき、もし幸運にも二人目を授かったら、決して自分の赤ちゃんを置いて出ていくようなことはしないだろうと確信した。ジェイクも、彼女が子供を連れて出ていくことを許さないだろう。彼は自分の所有物は決して手放さない男だ。ジェイクを信じていいのかわからないまま彼と一生愛のない生活を続けることを考えて、レクシーは身震いした。もっと悪いのは、そういう両親のもとで育った子供がどんな感情を持つかということだ。

「寒いの？」ジェイクがきいた。

「いいえ」

レクシーはジェイクが家の横の鉛の配管を見ているのに気づいて、思いつくままに言った。「あなたは建設業だから、よけいに興味があるでしょう」

「そうでもない。僕のビジネスはいまはもっと多岐にわたってるんだよ。いまはほとんど建設業にはかかわっていない。数年前不動産市場が崩壊してからは、金融のほうに力を注ぐようになった」

「金融……」でもレクシーの記憶にあるジェイクは建設業者で、自分の腕一本でたたきあげた男だ。ビジネスと財務の夜間コースに通っていたと聞いたことはあるが、いまも建設業を専門にしているのだと思っていた。

「そうだよ。僕らの共通の友人のカール・ブラッドショーと彼のドイツの取引先の助けで、僕は大金をつかんだんだ。欲深で美しい妻を持ったら、人は驚くほど簡単に金をつくれるものだね」

レクシーは黙っていればよかったと思った。これは私に対する皮肉だ。ほんとうのことを言いたい思いにかられて、彼女は言った。「私はあなたのお金をほしいと思ったことはないわ、ジェイク。あなたが私のために開いた口座も、イギリスを発《た》って以来見たことがないのよ」

「もう少しで君を信じそうになるよ。さあ行こう。ガイドとはぐれる」

なぜか前より心が軽くなって、レクシーはルイージにうながされてヴェッティ邸に入っていった。それはほとんど完全な形に修復された屋敷で、ポルノグラフィックな絵と像で知られている。たぶんポンペイではいちばん有名だろう。レクシーは目の前の像を見て真っ赤になった。

「これは珍しい病気にかかった哀れな男の像です」ルイージは男性の部分が誇張された像を指した。

「恒常的に準備オーケー状態とでもいいますか。男性のお客さんからよく、どうしたらその病気にかかれるのかときかれますが、残念ながら答えはわかりません」彼は自分のジョークに笑い出した。

ジェイクはレクシーを引き寄せてささやいた。

「僕はわかるよ。君のそばに行けばいいだけだ、ダーリン。君は僕を恒常的にあの状態にする」

私と、そのほかに何人の女性が？　レクシーは痛みが胸を貫くのを感じた。ジェラシーだろうか？

「ジェイク、まわりに人がいるのよ」彼女はジェイクの男性的関心を体にはっきり感じて諭した。

「残念だ」ジェイクはおおげさなため息をつき、レクシーは走ってルイージのあとを追った。

そのあと家のなかを一巡しても、彼女はすばらしい壁画や美しい庭にあまり興味を引かれなかった。ジェイクのことを強く意識していたからだ。彼はレクシーの肩を抱き、歩調を合わせている。触れ合う脚、彼の体温、男らしい匂《にお》い、すべてが心臓の鼓動を速める。長く歩いたのと、真昼の太陽のせいだと自分には言い聞かせるが、それはごまかしにすぎなかった。

「静かだね。一日ぶんとしてはもう充分という感じかな？」ジェイクがやさしくきいた。

「暑いし、人が多くて……」

ルイージが立ち止まった。「さて、これから円形演技場に入ります。今日でもわれわれは同じようなデザインでスポーツ・ミュージアムを建てています。何も変わりません。車輪が新しい動力源になって以来の新発明、互いをころし合う新しい方法は――」

「たいへん興味深いですが、ルイージ」ジェイクがさえぎった。「妻が、一日ぶんにはもう充分だと。

暑さもありますからね」

「ええ、ええ、わかります。昼食の時間ですね。昼休《シエスタ》みも楽しむのでしょう？」ルイージはジェイクの目を探って笑い出した。「何も変わりません。人は結婚し、愛し合い、子供をつくる」ジェイクも声を合わせて笑った。

彼の目には笑いじわが寄り、口元はほころんでいる。彼はのんきそうで楽しげで、とても男らしかった。

「シエスタはいい案だと思うよ」ジェイクはきらめく目でレクシーを見下ろした。

ある考えが落雷のように彼女を打ったのはそのときだった。私はジェイクを愛している。ルイージの言うとおりだ。〝人は結婚し、愛し合い、子供をつくる〟それはまさに私が望んでいたことだ。そしてたぶん私は、この人とそうしたいとずっと願っていた。レクシーはまばたきして、目をそらした。自分の気持ちを完全にさらけ出すのが怖くて。「ご自由に」レクシーはつぶやいた。その無頓着《むとんじゃく》な答えにジェイクの目に怒りが浮かんだのには気づかなかった。

車に戻ると、レクシーは座席にもたれて目をつぶった。ジェイクはルイージにたっぷり礼をはずみ、また来ると約束した。ハンサムで気前のいいご主人で奥さんは幸運だと言うルイージに、レクシーは笑顔でうなずいた。でも、イタリア人ドライバーの乱暴な運転をよけながら、曲がりくねった危険な海岸道路を決然とした顔で車を走らせるジェイクと二人きりになると、頭を占領するのは決して楽しい思いではなかった。

レクシーは自分の愚かさが信じられなかった。ジェイクが脅迫まがいのことをして私の人生に舞い戻ってきたときは、彼が嫌いだと自分に言い聞かせた。ジェイクが簡単に私をベッドに引き入れたときは嫌悪感に震えた。でも同時に私は、自分がジェイクと対等にわたり合えるようになったことが満足だった。自分は彼のほかの女友達、特にロレインと同じレベルで彼と向き合えると思った。でもそれは、単に自分を欺いていただけだ。

五年間の単身生活で、自分が愛もないのに男と寝るタイプではないとわかった。もっともジェイクも私と〝寝る〟わけではないが。彼は私のベッドを出て自分の部屋に帰っていくのを信条にしている。私は気にしないふりをしているけれど、ほんとうはとても気にしている。ジェイクのことは十代のころも、いまも変わらず愛している。何年も彼を憎んでいると信じていたのは、それが彼のいない人生を生きる唯一の道であり、彼の裏切りが与えた深い傷をおおい隠す唯一の方法だったからだ。

「昼食に寄っていくかい？」ジェイクの声が夢想を破った。

「いいえ、結構よ。おなかはすいてないから」早く別荘に帰って自分の部屋に閉じこもりたかった。彼をまだ愛しているなんて最悪だ。しばらくのあいだ一人になって、自分の感情を分析して、これからどうするか決めなければ。

絶望感が募ってくる。今朝、亡くした赤ちゃんに対するジェイクの思いがわかってから、二人はお互いを新たに理解したようにみえた。でもレクシーが彼への愛を悟られるのを恐れるあまり心を閉ざしたので、彼らはまたこの数日来の緊張した間柄に戻ってしまった。

ソレントを抜け、アマルフィ・ドライブを走るあいだ、二人は無言だった。ジェイクは眉を寄せ、口を真一文字に引き結んでいる。午前中の陽気な連れは、むっつりと考え込んだ、危険な男に変わった。

ジェイクは私を欲している。でも愛してはいない。私は彼を愛しているけれど、信じることはできない。

そんな二人が、この先一生ともに暮らしていけるのだろうか。とても望みはない……。

別荘に着くと、ジェイクは引きずるようにレクシーを車から降ろして二階へせき立てた。彼の怒りは手で触れられるほどだった。

「火事はどこ？」レクシーは冗談に紛らせた。

「わかってるだろう」ジェイクは皮肉っぽく片眉を上げると、彼女を自分の部屋に押し込んでドアを閉めた。そして乱暴に彼女を抱き寄せた。「ルイージは正しい。何も変わらないよ。君はまた僕から逃げようとしている。僕は我慢できない」

「夢を見てるのでなければ、私は間違いなくここにいると思うけど」

「体はね。でも精神的にはずっと前、ポンペイを出たときに逃げてしまった。ロンドンでもそうだ。まるで心にカーテンを引いて、すべての人とものをシャットアウトするように。二度とそんなことはさせないよ」

「なぜ？　あなたは何日か前に言ったじゃない。関心があるのは私の体だけだって」

「気が変わったんだ。気が変わるのは何も女性の専売特許じゃないだろう。僕は君の考えていることをすべて知りたい」ジェイクはレクシーを抱き寄せて自分の体にぴったりとつけ、自分がいかに彼女を欲しているかを知らせた。

「怒って私を抱いたって、心は開けないわ――いくらそう望んでも」実際彼女は望んでいた。ジェイクに愛していると言いたい。自分の感情をすべてさらけ出したい。けれどその勇気はなかった。彼にはもう充分に傷つけられているから。でも、ジェイクが私をもっと知りたいと思うなら、それは正しい方向への第一歩には違いない。私たちの結婚にいくらかの可能性があるなら、それを成功させるように、彼の愛を勝ち得るように、私が努力すればいいのだ。

彼に〝愛する〟などということが可能ならば、だけれど。

「君に心なんてあるのかなと、ときどき思うよ。唯一君に到達する方法はこれだ」彼はつぶやいて唇を重ねた。

二人の息が混じった。舌が触れ合い、躍り、からみ合った。レクシーは自分がふたたび欲望の深みにはまり、ジェイクだけがかき立てることのできる情熱の奔流に深く深く落下していくのを感じた。

ジェイクは突然彼女を押しやった。「服を脱げよ」彼はゆっくり言うと、シャツを頭から脱ぎ、ショーツに手をかけた。「さあ、早く！　いまは我慢できる気分じゃないんだ」

レクシーは立ちすくんだ。目が彼の裸の胸をさまよう。まるで夢のなかで動くように、レクシーは彼の言うがままにサンドレスを頭から脱いだ。そのあいだも目はずっと、彼の力強い筋肉質の体に釘《くぎ》づけになっている。彼の行動には威嚇的な計算高さがあったから、恐れを感じてしかるべきだったが、なぜかそうはならなかった。私は彼を愛している。そして彼を欲している……。

レクシーは息を吸い込み、目を上げた。彼の断固とした暗い表情を見ると体が震えたが、どこからか彼の怒りをそらす勇気がわいてきた。

「どうしてそんなに急ぐの？」レクシーはまつげを半ば伏せ、手を差し出して、指で軽く彼の喉のラインをなぞった。「私たち、ルイージのアドバイスを聞いてシエスタをすればいいんでしょう」

ジェイクは驚いた。彼の顔が明るくなり、口元がほんの少しほころんだ。「まったく、レクシー……君は僕をひどく混乱させるよ。でも、それも悪くない」そして彼はレクシーをベッドに運んだ。

強く熱いキス……それは怒りの名残とフラストレーションの混じった、容赦のない要求だった。背筋がぞくりと震えたが、どこかでジェイクは自分を傷つけないとわかっていた。レクシーは唇を開いて彼を迎え入れ、また彼を驚かせた。

レクシーはほほえみ、ゆっくりと肌の上に手をすべらせた。そして彼の熱くなった体が稲妻のように反応するのを楽しんだ。

「君は僕を欲している。それをどうにもできない。少なくともいま君は僕のものだし、僕だけのものだ」彼は頭を下げてローズピンクのつぼみを唇にふくみ、それを息づく欲望の頂点に変えた。彼の指が官能的なパターンを描いて動くと、レクシーは息も絶え絶えになった。

ジェイクが荒々しく侵入してきたとき、彼女は喜びの頂点で体を震わせた。永遠に思えるあいだジェイクは動かず、レクシーの渇望する解放感を先延ばしにして、彼の所有の重みを意識させた。レクシーは彼の名を呼んだ。その声がジェイクの自制心を壊した。汗まみれの彼らの体は、ゆらめく白熱のクライマックスのなかに、ともに揺れ、動き、一つになって、回転しながら炎のような歓喜へと突入していった。

長い長い時が過ぎたあと、レクシーはまだジェイクにぴったり寄り添っていた。動きたくなかったし、動けなかった。ようやく重いまつげを上げると、ジェイクが彼女を見下ろしていた。レクシーは愛らしくほほえみ、彼の赤黒く上気した顔を見つめた。

ジェイクは片肘をつき、もう一方の手でやわらかなふくらみを愛撫した。口元はゆるみ、目はきらめいている。「このシエスタのアイデアは病みつきになりそうだな。でもいまは、昼食が必要だ」

それはレクシーの夢見ている愛の言葉ではなかった。でも、正しい方向へのステップだと思う。胸に希望の火がともった。

9

レクシーは黒いビキニの上に黒とピンクのシルクのブラウスをはおり、そろいのビーチ・バッグを持ってプールへの階段を下りていった。それらは全部、ジェイクからのプレゼントだった。彼女はブラウスを脱いでサングラスをかけると、ビーチ・チェアに座り、ほっと肩の力を抜いた。

気温は三十二度を超え、暑さはほとんど耐えがたくなっている。レクシーは甘い香りのする彩り豊かな庭と、プールと、その向こうの海をながめた。ジェイクは仕事があると言って出かけた。たぶんそうなのだろう。いまは少しも気にならない。

別荘に来て、明日でちょうど二週間になる。今朝何気なく手帳をめくっていて、ジェイクが嵐《あらし》のように舞い戻ってきて仕事を取りあげるまではスケジュールがいっぱいだったなどと考えているうち、生理が一週間遅れていることにふいに気がついた。一週間ぐらい、どうということはないと思ってみるが、ふだんはとても規則正しいほうだから、かなり大きな遅れと言える。

レクシーは無意識にぺちゃんこの腹を撫《な》でた。相反する気持ちがせめぎ合う。もちろん子供はほしいけど、この状況下では……。

レクシーは落ち着きなく立ちあがると、走っていって頭からプールに飛び込んだ。水の冷たさが、ほてった体に心地いい。彼女は何度か水をかくと、あお向けになって水に浮いた。

きのうはモーターボートでカプリ島まで行った。町をぶらつく途中、ジェイクはたくさんあるデザイナー・ブティックに寄っては、レクシーに服を買うようにと勧めた。いま着ているビキニも、すばらしいイブニングドレスも、そのとき買ったものだ。ドレスは、今夜特別な会合があるから必要だという。それが何かは言ってくれない。

　性的な相性は申し分なかった。ジェイクは毎日彼女を抱いた。夜ベッドに来ることもあるし、このプールのそばということもあった。ある種のまなざし、あるいは軽い手の触れ合いだけで、二人が引き合う力は火花を散らした。お互いに対する情熱は飽くことがなかった。

　ポンペイで気持ちを通わせて以来、二人は一定の関係をつくりあげたようにみえた。彼らは音楽や、絵画や、イタリアの政情について長々と語り合った。こういう話題なら、話の種は尽きないものだ。彼の愛を勝ち得ようという計画は成功しつつあるように思えるときもあった。ただ二人が朝、同じベッドで目覚めることはなかった。理由をきく勇気はなかった。いい答えを聞ける確信がなかったからだ。

　ジェイクは新婚のころのようには考えていることを話さないし、内面を見せようとしない。もっともその点についてはレクシーも同じだが。プライドと、自分が傷つく怖さから、感情をさらけ出すまいとしている。

　もっと悪いこともあり得るのだと、レクシーは自分に言い聞かせている。でも車のことでは腹が立った。ジェイクはこんなぽんこつを運転させるわけにはいかないと言って、車をホテルに返してしまったのだ。彼はまた、自分と一緒でなければ外出させないとも言った。問題の発端がそれだったからと。その代わり彼は、レクシーを毎日外に連れ出した。ソレント、ナポリ、小さな島々。二人は楽しんだ。ジェイクはその気になればいい連れになる。しかし一つの大きな問題は、以前と同じ――ロレインだった。彼女はいつもいつもジェイクに電話をかけてくる。

そして彼は呼ばれれば駆けつける。仕事だとわかっていたし、ジェイクがまだ彼女と愛人関係だとも本気では思っていなかった。さすがのジェイクもそこまでスタミナはないだろうというのが主な理由だったが。けれど疑いはさっぱりとは晴れなかった。まだ何かがあるという気がする。

「きゃあっ……」レクシーは悲鳴をあげた。一瞬後、頭が水中に引きずり込まれた。だれかが足首をつかんで深く深く引っ張り込む。それから強い腕が巻きついて、彼女はまた水面に引きあげられた。レクシーは喉を詰まらせ、水をはね飛ばしながら、もつれた髪を顔から払った。「何するのよ！」

ジェイクはレクシーのウエストを支えて脚を自分の膝にはさみ、軽く唇を合わせた。「ひがみ根性だよ。僕はナポリまで往復して暑くて汗だくになってるのに、君はのんびり浮かんで、いかにも気持ちよさそうだからさ。帰ってきて窓から君を見たとき、どうしても誘惑に勝てなかったんだ」

「意地悪」レクシーは彼の顔に勢いよく水を浴びせた。彼は飛びのき、レクシーはその顔を見て笑った。

「やる気だな、ベイビー」ジェイクはアメリカ訛《なまり》で言い、レクシーの肩を押さえて、また水のなかに沈めた。

レクシーは深くもぐり、彼の長い脚のあいだを泳いで抜けた。そして彼の後ろに浮かびあがって、首に腕をかけ、引き倒そうとした。でも彼は手を後ろに回してレクシーの腰をつかみ、体を空中高く持ちあげて回転させ、背中から水面にたたきつけた。

「どうだ、参ったか」

レクシーは水をかきながら叫んだ。「野蛮人！」

ジェイクは背が高くて難なくプールの底に足が着くんだもの、ずるい。彼女はまたジェイクに水を浴びせた。二人の笑い声が夏の空気にこだました。レクシーはすぐに、ジェイクがビキニ・トップを頭の上に振りかざしているのに気がついた。「返して！」

「ほら、行くぞ」ジェイクは雄叫《おたけ》びをあげてレクシーの頭上から水中に飛び込んだ。二人は手足をからませながらプールの底に沈んだ。

ふたたび浮上したとき、レクシーはまたジェイクの強い脚のあいだにはさまれていた。ジェイクは片手で彼女の背中を支え、もう一方の手で誇らしげにビキニの上下を掲げていた。

「勝者に戦利品を」彼は勝ち誇って言った。

レクシーは彼を見あげた。髪が頭にぴったりついて、まるで少年のようだ。胸がきゅんとなった。私は彼をとても愛している。

「レクシー」彼女の目に何かを感じたのか、ジェイクは名前を呼び、抱き寄せて唇を重ねた。

まわりでは水が静かな音をたてている。レクシーは裸で彼に寄り添い、ほっそりした腕を彼の首に回して、自分からもキスを返した。

ジェイクはうめいて、彼女の脚を自分の腰に巻きつけ、舌を差し入れてきた。

彼の性急な欲求を感じる。でもぴったりした水着と、焦《じ》らすような水の動きが、二人がともに渇望する行為の邪魔をする。

「ジェイク、できないわ」彼が胸の先端を噛《か》むのを感じながら、レクシーは泣くような声をあげた。

「レクシー、できるよ」ジェイクは唇を胸から喉、そして唇へと伝わらせた。「僕を信じろ」

「おぼれるわ」

「お互いのなかにだけね」

ジェイクはすばやく水着を脱いだ。レクシーは息をのんで肩を強くつかんだ。ジェイクは一瞬の動作で彼女のなかに入ってきた。

これほどエロティックな気分になったのは、生まれて初めてだとレクシーは思った。浮力のついた手足、水の冷たさと肌を焼く太陽の熱のコントラスト、ジェイクのパワフルな活力、胸にさわるやわらかな毛、くぐもったうめき、花と海の強い匂《にお》い。すべてがあいまって、香りと音と風景と官能のタペストリーを織りなし、ついには震えるようなエクスタシーの極みへと二人を押しあげる。

「おぼれなかったわね」レクシーはささやいた。まだ彼の首にすがりついたまま、半分歩き、半分泳いでいる。ジェイクは彼女を抱きあげてプールサイドに座らせた。

「イギリスに帰る前に絶対これを試してみようと思ってたんだ。想像していた以上によかったよ」

レクシーは聞き逃さなかった。「帰る？　あなた、いつ帰るの？」彼女は静かにきいた。ジェイクの目にちらりと苦痛がよぎったようだった。

「僕たちは――」彼は強調した。「月曜に帰る。ロンドンで午後に会議があるんだ。でも当面の問題として、残念ながら服を着てもらわなきゃならない。一時間後に出かけるから」

「そんなふうに突然？　相談も何もなし？」レクシーは立ちあがってシャツをはおった。ジェイクは裸で平気だけど、私は無理。修道院付属の学校で育った名残だろう。

「相談なんていらない。君は僕の妻だ。僕の行くところには君も行く。戦おうとするなよ、レクシー」

「戦うつもりはないわ。でも、必要なことはちゃんと知らせておいてもらわないと。あなたがもてあそんでいるのは私の人生なのよ」レクシーは皮肉めかして言わずにはいられなかった。

「もてあそんでなんかいない。生涯で初めてと言っていいほど真剣だ。でも話はまたあとでしょう。パーティがすんでから」

「パーティ？」

「しまった、内緒のつもりだったのに。半裸の君を見ていると、いつも頭の働きが鈍くなってしまう。

さあ、いい子だから、ひとっ走り行ってこいよ。そのあいだに僕は泳いでる。話はまたあとでしょう」彼はレクシーの肩を持ってくるりと向こうに向けると、お尻をぽんとたたいた。

レクシーはジェイクの支配的な態度に腹を立て、ぱっと振り返り、彼の足の後ろに足をかけて胸を思い切り押した。ジェイクは申し分のない音をたてて水に落ちた。レクシーは眉を上げ、ほほえみながら、もがく男を見下ろした。「しっかり泳ぎなさい。いい子だから」そしてにっこりと笑うと家に駆け戻った。

でもしばらくして髪を洗い、ジェイクからプレゼントされたデザイナー・ブランドのドレスを着て居間に入ってきたレクシーは、さっきほどの勢いはなかった。それは胸の線にきれいにそった深い翡翠《ひすい》色の、肩ひものないドレスで、ウエストで締まり、それからさまざまな色合いのグリーンが幾重にもなったスカートがふくらはぎの半ばまで広がっている。

レクシーはドアを入ったところで立ち止まった。ジェイクが暖炉にもたれて立ち、頭を垂れて手のなかのものを見つめている。彼はすばらしくゴージャスだった――それ以外の形容の言葉は見つからない。イブニング・ジャケットはクリーム色で、それに白いシルクのドレス・シャツと深いブルーのボウ・タイを合わせている。ジャケットの前は開いて、それに合うブルーのウエスト・バンドが見えている。レクシーは目をそらすことができなかった。ジェイクは服装に関していつも正統派だが、今夜はふだんより華麗で、男らしく、パワフルだった。

「用意ができたわ」レクシーはなんとか落ち着いた声を出した。

ジェイクは顔を上げ、男の関心をあらわにして、ゆっくりした官能的なまなざしで、愛らしい、少し警戒した顔をながめた。カールした髪は、小さな耳の後ろで真珠飾りのついた髪留めで止めて肩に流してある。軽く日焼けした顔は健康的に輝いているから化粧はほとんどいらない。でも目にだけは特別な注意を払った。茶色のアイラインを引き、グレーがかった茶色のシャドウをつけ、濃茶のマスカラで長いまつげを強調する。

レクシーは自分がほんの少しエキゾチックで、とても美しく見えるのに気づいていなかった。彼女はジェイクの無言の観察に落ち着かなくなってきた。

「私が言ったのは――」

「聞こえたよ。君はほんとに魅力的な女性になったね。そういう君を見るのは僕の喜びだ」

彼は低くハスキーな笑い声をたてた。レクシーは頭から爪先まで赤くなった。

「まさかまだ、うぶなはにかみ屋なんてことはないだろう？　もっとも、赤くなるのは君に似合ってるが」ジェイクは手を伸ばして華奢《きゃしゃ》な手を取った。

肌が触れ合っただけで、電撃的なショックが伝わる。ひとりの男性だけが私にとってこんなに致命的な魅力を持つなんて不公平だ。この数年のあいだにジェイクの人生にはたくさんの女性がいたに違いないのに。それを思うと胸の高鳴りが少し静まる。

「これを君に渡したいんだ」ジェイクはレクシーの薬指にダイヤをちりばめた金の指輪をはめた。

「これは？　どうして？」レクシーは驚いて輝くリングを見つめた。かなり高価なものに違いない。

「僕のような地位の男の妻には必要だからだ。それに、シンプルな金のリングは君の趣味じゃないとわかったからね」

レクシーは無言で彼を見つめ返した。彼はたった一つの不親切な言葉で簡単に私を傷つける。

「どうだい？　気に入ったかな、レクシー、ダーリン」

レクシーはすみれ色の目に浮かんだ苦痛をごまか

すために、さっと手を上げてダイヤを賞賛した。

「きれいだわ。ありがとう」礼儀正しく言いながら、もしほんとにジェイクに愛されているならビール缶のリングでもいいと思う。

「ああ、レクシー、ごめんよ」ジェイクは突然彼女を抱き寄せた。「今夜は皮肉を言うまいと思っていたのに。今夜は君だけのためにあるんだから」

ジェイクはレクシーの指のきらめく指輪にキスをした。

「さっき言ったことは忘れてくれ。これを買ったのは、君にはめてもらいたかったからだ。五年前のことは君の落ち度じゃない。君はまだとても若かったのに、僕は考える時間も与えず、さらうようにして結婚してしまった。僕自身もあまり考えなかった。僕は三十で、ずっと年上だったから、もっとものがわかっていてもよかったはずなのに、ただ君がほしくて自分のものにしてしまった。エンゲージ・リングすら買わなかった。そして最後のとどめに約束まで破った」

「いいの」レクシーはつぶやいた。ジェイクはやっと、別れることになったのは自分の非だと認めた。でもなぜか少しもうれしくなかった。

「よくないよ。この二週間が、僕が生まれて初めて取った休暇だと気づいたかい？　君は正しかったよ……」

驚いて、レクシーは待った。彼が自分たちの関係について何かとても重要なことを言いそうな気がしたから。でもそのときドアベルが鳴り、貴重な瞬間は過ぎ去った。

「リムジンが来たようだ。続きはあとにしよう」ジェイクは彼女の腕を取った。

「どうして今日は運転手つきなの？」

「今夜はお祝いだから、美しい奥さんとシャンペンを飲むつもりなんだよ、スイートハート。そのあとでアマルフィ・ドライブを飛ばす危険は冒したくないからね」

パーティがあるなんて、ジェイクに聞くまでは予想もしていなかったからびっくりした。でもそれはうれしい驚きだった。ピッコロ・パラディーゾのロビーに着くと、ジェイクはちょっと用事があるので、待っているあいだアンナと話でもしていたらと言った。レクシーはロビーを横切ってフロントのほうに歩いていった。何気なく見ると、ダイニングルームの扉が閉まっている。ふだんはないことだ。もう私の関与することではないけれど、と思うと一抹の寂しさが胸をよぎる。

すると突然、その扉が開いて笑いさざめく人々の群れがどっと出てきた。「おめでとう！」みんなが口々に叫んでいる。ジェイクの腕がウエストに回り、レクシーをダイニングルームに連れていく。小さな壇の上に横断幕がかかっているのを見て、レクシーの目が涙でかすんだ。〝幸運と、長寿と、幸せを、レクシー！〟

彼女は善意の人たちに囲まれていた。ホテルのスタッフ全員と客たちがいる。シャンペンがふんだんにふるまわれる。驚いたことに、シニョール・モニチェリの姿もあった。

「マルコはちゃんとやってますか」レクシーは彼と抱き合って再会を喜び合ってからきいた。

「非常によくやっている。君のすばらしいご主人のおかげだ。結婚は君に合ってるようだね、レクシー。輝いて見えるよ」

アンナは、イギリスにはまだジェイクみたいな男が残っているかときいてくる。フランコも、メイドも、ポーターも、厨房《ちゅうぼう》のスタッフまでもが彼女を祝ってくれた。そのあいだずっとジェイクはそばに寄り添っていた。

レクシーはいつのまにか壇上に立たされ、すばらしい海の精のブロンズ像を手渡されていた。シニョール・モニチェリがレクシーを褒めたたえるスピーチをし、彼女は困惑で真っ赤になった。

　喉に熱いものが込みあげてきて、彼女はものが言えなかった。涙がひと筋頬を流れた。ジェイクが支えてくれていたので、レクシーは涙声ながら心からの感謝の言葉を口にすることができた。「ほんとうにありがとう。みなさんのことは決して忘れません」

　ステージから下りて、レクシーはジェイクを見あげた。「全部私のために計画してくれたの、ジェイク？」

「君の友人たちがぜひと言ったんだ」

「でも、お客さんたちはどうしたの？」ほとんどは顔なじみの常連だったが、知らない顔もあった。

「今夜はダイニングルームは休みだと言っただけだ。でもパーティに来てくれるなら歓迎だと」

「たいへんなお金がかかったでしょう」シャンペンはビンテージものだし、テーブルには、ロブスターやキャビアのご馳走《ちそう》がいっぱいに並んでいる。

「君にはそれがふさわしい。君は僕にとってはパーティの千倍の値打ちがあるんだ。そのことはあとではっきり証明してみせるよ。過去は過去として、許し、忘れよう。もう秘密もないし、別々のベッドに寝ることもない。信じてくれ」

　希望がふくらんできた。ジェイクの目には、やさしい、あたたかい光が宿っていた。「ジェイク……」ほんとに私たちは新しい出発ができるのだろうか。きっとできる。胸が躍った。彼が私を愛してくれるなら、私はすべてを許せる。

「アレクサンドラ」深い声が響きわたった。あたりが静まり返った。

「アリ！」レクシーは歓声をあげた。アリは流れるような白い砂漠の衣装をまとい、両脇《りょうわき》にボディガードを従えて立っていた。シーク・アリ・アル・カヒムとは、父が小さな中東の国の領事をしていたとき以来の友達だ。子供のころは一緒によく遊んだ。彼がこのホテルの年に一度の常連客だったことから再会を果たしたのだが、彼が来るのは毎年春と決まっている。「どうしたの、いまごろ？」アリに抱きしめられたあと、レクシーはきいた。

「僕のヨットが二、三時間寄港するものだから、君と話したくてホテルに電話したんだ。そしたらなんと君は結婚してここを離れるというじゃないか。どうして僕にそんな仕打ちができるんだ、かわいいアレクサンドラ？　そして、その幸運な男とはどこのだれなんだ？」

　ジェイクはレクシーを引き寄せて言った。「僕です」

　レクシーは二人を紹介した。レクシーと同い年のアリは、人目を引く美男だ。ジェイクと同じぐらい背が高く、大きな茶色の目と、ギリシアの神のようなクラシックな顔立ちをしている。

「お祝いを申しあげます、ミスター・テイラー。あなたは非常に運のいい人だ。でも早く行動を起こさなかったのは、僕が悪いんです」アリは細長いベルベットの箱を差し出した。「結婚祝いだよ、親愛なるアレクサンドラ。君たちが長い、実のある結びつきを保てるように。相手が僕だったらもっとよかったんだけどね」

「ばかね、アリったら」彼は前から悪ふざけが好きなのだ。レクシーは箱を開けてみた。なかには宝石をちりばめた小さなナイフが入っていた。「すばらしいわね、アリ。ありがとう」彼女はほほえみかけた。でもジェイクは喜ばなかった。

「妻は僕以外の男から宝石を受け取りません」彼の冷たい青い目が、アリの茶色の目とぶつかった。

「そうですか。でもよく見てください。これはレター・ナイフですよ。お二人に、いつまでも僕と疎遠にならないでほしいという意味なんです」

アリはそれからまもなく帰っていった。一時間以内に出航して帰路につくということだった。

ジェイクはレクシーから宝石箱を取りあげると自分のポケットに入れた。「彼は世界でも有数の金持ちだ。君はあいつと結婚しようと思えばできたのにな」

「ばかを言わないで。アリはいつも世界中のゴージャスな女の人たちから追いかけられていて、またそれを楽しんでるの。お父さんは早く落ち着いてほしいと嘆いているけど。彼はまだ子供で、冗談が好きなのよ」レクシーはふいに大胆になって言った。「まだ気づかないの？　私にはあなたしかいないのよ、ジェイク」

「なんだって！　君はそういう告白をするのに、たいへんな場所を選んだね。僕らはほんとうに話し合う必要があるよ」彼はレクシーを抱きしめた。

続く数時間、レクシーは雲に乗って浮かんでいるような気分だった。シェフや、フランコや、そのほかおおぜいの人たちと踊ったが、一回ダンスが終わるたびにジェイクが彼女を取り戻しに来るのだった。

少しのあいだひとりになって、レクシーはあたりを見回した。かわいそうなジェイクはアンナにつかまって、チャチャチャを伝授されている。にぎやかな笑い声が聞こえる。レクシーはほほえんで、そっと部屋を抜け出してロビーに出た。暑さと騒音で少し疲れたらしい。

「パーティを楽しんでる？」ロレインがフロント・デスクの向こうに現れた。「アンナが思い出したら代わってくれることになってるけど、正直言ってスタッフ全員を巻き込んでのどんちゃん騒ぎは、ビジネスにはマイナスなのよね」

「これはジェイクのアイデアなのよ」

「わかってるわ。彼は私に全部手配させたのよ。こんな無駄遣いをしてばかだって言ったんだけど、男はみんなそうだもの、私が心配することはないわ。私の仕事に対しては、彼は高給を払ってくれてるし」

「彼は気前のいい人だから」

　ロレインはレクシーを値踏みするように見た。

「あなたにあるものってなんなのかしらね、レクシー。あなたは美しいわ。もしあなたが私の地位を脅かさなければ、あなたと私は友達になれたのに」ロレインは長く爪を伸ばした手でレクシーの肩をつかんだ。「あなたは頭がいい。でも欠点が一つあるわ。男を必要とする女だってことよ。なんて残念なんでしょう。ジェイクはあなたが金銭ずくだと知ってるから、最後にはあなたを捨てるでしょうよ。でも私はずっと彼のそばにいるわ。彼の片腕として」

　レクシーは後ずさった。ロレインと友達ですって！　この人は頭がおかしいに違いない。「夫のことをあなたと話し合うつもりはないわ。アンナにすぐ行くように言うから」レクシーはきびすを返した。妙だ。ジェイクとのことを知る前から、ロレインは私を変に落ち着きなくさせる。それはジェラシーだけではない気がする。レクシーは頭を振り、パーティ会場に向かった。でも三歩も行かないうちに、ジェイクがそばに来た。

「ロレインは何を言ったんだ？　いやなことでも言ったんじゃないか？」

「いつもと同じ。今日は友達になりたいなんて言ったのよ。信じられる？」

「彼女は君にさわったんだな。痛くしたんじゃないのか？」ジェイクは肩の赤い爪跡を見た。

「ちっとも。彼女が何をしたって、私はあなたのそばを離れないから」レクシーは笑った。でもジェイクは答えず、考え込むように目を細めた。「ジェイク、ごめんなさい。私があなたの女友達を怒らせたなら――」
「彼女は僕の女友達じゃない。僕の下で働いているだけだ。でも、それも、もう長くはないだろう。僕は考えてるんだ……」

「何を？」レクシーは二人が別れるかもしれないという展開をひそかに喜んだ。

ジェイクはすばやく彼女を抱き寄せた。「君にセレナーデを歌おうかなって」そして彼は歌い始めた。

レクシーは彼の気分に合わせ、くるくる回されながら笑い出した。「下手な歌！」

「わかってる。でも僕にはうまくやれることもあるよ……」ジェイクは思わせぶりに言った。楽団がラテンのラブ・ソングを奏で始める。彼らはゆっくりとフロアを回った。二人の体が一つになって動いた。ジェイクは彼女の耳に鼻をすり寄せ、レクシーは彼の腕のなかで溶けていった。

10

とうとう客は帰り始めた。レクシーは満足の吐息をついた。なんてすてきなパーティだったことか。

彼女はジェイクの腕をすり抜けてささやいた。「化粧室に行ってくるわ」

「レクシー、いまＣＤを持って帰る？」ロビーを横切ったとき、アンナが呼びかけた。

「ああ、そうね」レクシーは彼女の部屋に一週間泊まったとき、お気に入りのＣＤを持っていって、そのままにしていたのだ。レクシーはアンナについて彼女の部屋に行った。

十分後、レクシーはＣＤの箱を小脇《こわき》に抱えてロビーに戻ってきた。友達と別れるのは悲しかった。ピッコロ・パラディーゾでの日々は楽しかった。でも、もっといい日々がこれから来るのだというひそかな希望はあった。ジェイクは話をしたがっている。今度はきっとうまくいく。妊娠しているかどうかはまだわからないが、今夜はシャンペンを二杯だけにしておいた。どちらにしてもお酒なんていらない。魅力的でやさしいジェイクが、充分な興奮剤になってくれたから。

レクシーは立ち止まった。信じられない。彼女は張り裂けそうになる胸を手で押さえた。廊下の隅で一組の男女が抱き合っている。ジェイクと、ロレインだ。見ている間にも彼はキスを求めて頭を下げていく。レクシーはきびすを返した。目が涙でかすんだ。

彼女は壁にもたれて、握りしめた手で目を拭《ぬぐ》った。震える息を吸い込んであたりを見回す。いつのまにかホテルの裏のスタッフ用の駐車場に来ていた。

夏の夜だというのにレクシーは震えていた。ミッドナイト・ブルーの空には月がこうこうと光り、百万もの星が輝いている。でもそんな美しさも彼女の目には入らなかった。私はまたやってしまった。信じて、愛して、月をほしがって、それに手が届くと思い込んだ。なんてばかなんだろう。夢も希望も、割れた風船のようにしぼんでしまった。

どのくらいそこに立っていたのかわからない。骨の髄まで冷えきって、彼女はとうとう体を起こした。ロボットのように交互に足を前に出しても、行くあてなんかない。逃げ出さなければということしか頭になかった。そのとき、自分の小さな車が出口付近に止めてあるのが目に入った。それは彼女自身と同じように見捨てられた風情だった。ドアを開けてみると開いた。キーも差し込んだままだ……。

レクシーは運転席に座って、キーを回した。そのとたんにドアが引き開けられ、長い手が伸びてきてエンジンを切り、ハンドブレーキを引いた。

「降りるんだ」ジェイクがドアをふさぐように立っていた。目は怒りに燃え、頬はぴくぴく動いている。

「ほっといてよ」レクシーはすすり泣き、彼の手を振り払った。

「アラブ人のところに逃げる気だな。このあばずれが」彼は恐ろしい形相をしている。

私が悪いってわけ？　彼らしいこと。絶望が怒りに変わった。「さわらないで。あなたなんか大嫌い。野蛮人！　行かせてったら！」

「絶対に行かせない」ジェイクは光のような速さで運転席に乗り込んでくると、彼女を助手席に押しやった。「少しでもあのアラブ人の近くに行ってみろ。ただじゃおかない」彼の手が喉に回った。

「アリのところへ行くんじゃないわ。あなたから逃げるのよ」レクシーは冷ややかに言った。

ジェイクは彼女を見下ろした。首を締めつける手が徐々にゆるんだ。「今度はなんだ？」彼は大きく息を吸い込み、前を向いて車をスタートさせた。

「どこに行くつもり？　これは私の車よ。あなたのリムジンは表で待ってるわ」

「そしてまた君が姿を消すのを手をこまねいて見てろっていうのか？　それはないね」

車はアマルフィ・ドライブを飛ばしている。この車のつくりではとうてい無理なスピードで。レクシーは恐怖にかられ、無言で座っていた。

彼は別荘に向かっている。それは確かだった。ジェイクは私を足止めし、彼を愛させることはできるだろう。すでにもう愛しているのだから。そしてさっきまで私は結婚をうまく続けていけると考えていた。けれどいま、はっきりと、それが不可能だとわかった。

ジェイクは一度ならず二度も私の心を踏みにじった。ばらばらになった破片をくっつけて、また機能させることはできるかもしれない。でも、もしこのままとどまれば、彼の不実が私の自尊心とプライドを破壊し、傷ついた心を少しずつ削り取っていくだろう。最後にはかけらしかなくなり、修復不可能になる。そんなことを許してはならない。

　レクシーはジェイクを見あげた。彼の横顔は石の彫刻のようだ。ふいに脈拍が速くなり、そういう自分を軽蔑《けいべつ》する。彼はあらゆる点で並外れた人だ。だが、たとえジェイクでも四六時中私を見張ってはいられないだろう。機会をつかんで、全速力で逃げよう。ほかに方法はない……。

　別荘の大きな門が目の前で開いた。レクシーは安《あん》堵《ど》の吐息をついた。恐怖のドライブは終わった。でもその安堵もつかの間のことだった。ジェイクは家の前でタイヤをきしらせて車を止めると、助手席に回ってきて、乱暴にレクシーを引っ張り出そうとした。

「自分でできるわ」彼女はジェイクの手を振り払って、家に駆け込んだ。安全な自分の部屋に逃げ込みたかった。けれどホールに入って二歩も行かないうちに、ジェイクに腕をつかまれた。

「いったい僕に何をしようとしてるんだ、レクシー？」ジェイクは荒々しく彼女を自分のほうに向かせた。

「私が、ジェイク？」レクシーは彼の怒りが理解できなかった。逆ではないか。

「そうとも、君だ。ほかにだれがいる？」

　たとえばロレインとかね！　レクシーは叫びそうになった。でもジェイクは答えも待たず、彼女を腕に抱きあげると居間に運んでいって、ベルベットのソファに投げ出すように下ろした。

　ソファの上に立ちはだかるジェイクは、大きくて威圧的だった。これほど怒っている彼を見るのは初めてだ。レクシーは膝の上まで持ちあがったスカートを引っ張り下ろしながら立とうとした。

「わざわざ必要ない」ジェイクは彼女を押し戻して自分もソファに座った。「どうせすぐに脱がせるんだから。もしこれが君を自分のものにできる唯一の方法なら……」彼は荒々しく唇を奪った。一方の手で後ろの髪をつかんで、もう一方でドレスをウエストまで引き下ろす。

レクシーはもがいて逃れようとした。けれど彼の唇がローズ色のつぼみをとらえたときは息をのんだ。レクシーは彼の広い背中にこぶしの雨を降らせたが、自分が彼のなだめるような唇と手に屈伏しつつあることに気づいて恐れおののいた。

「だめ、だめ」レクシーは夢中で彼の頭をつかんで押しのけた。「こんなことさせない。絶対に」レクシーは目を閉じ、頭を左右に振って呪文《じゅもん》のように繰り返した。「だめ！　だめ！」

「やめろ、やめろって、レクシー」ジェイクの声が混乱した頭に響いてきた。レクシーは、自分がいつのまにか自由になっていることに気がついた。「安心していい。僕は君を襲いはしないよ。君は最高に複雑怪奇でわけのわからない女性だから、君と出会ったのは不運としか言いようがないが。僕は答えがほしい。いますぐ」ジェイクはレクシーを引っ張り起こし、ドレスを胸の上に引きあげた。「気を散らされないように」ほとんどひとりごとのようにつぶやく。

レクシーは深く息を吸い込んだ。二人の目がぶつかった。真実を知るときが来たのを彼女は知った。

「ポンペイ以来、君と僕は一種の相互理解に到達して、ある程度心が通い合うようになったと僕は信じていた。それは間違いだったのか？」

「いいえ」レクシーは弱々しくかぶりを振った。

「だったらいったいどうして、また逃げようとしたんだ？　最初は、欲深な君が結局あの燦然《さんぜん》と輝くアラブ人のほうが夫として有力だと判断したんだろうと思った。だが運転して帰るあいだに冷静になって、それは間違っていると気がついた。そうだろう？」

「ええ」レクシーは静かに答えた。

「五年間、僕は君を欲得ずくの女だと思ってきた。追い払えてよかったと自分に言い聞かせたが、君を求める気持ちは止められなかった。そのとき君が働くホテルが売りに出ていることを知って、絶好のチャンスだと飛びついた。君を妻として取り戻したい、たとえ欲深でもいいと思った。いまでは僕にはその要求を満たすだけの金があるから」

「それは、どうも。あなたの話を聞いていたら女性はさぞかし有頂天になるでしょうね」レクシーは冷笑で傷ついた心を隠した。

「皮肉を言うのはやめろ。まだ話は終わっていない。この二週間で、僕は自分が間違っていたことを認めざるを得なかった。君がロンドンの口座にまったく手をつけてなかったのがわかったし、現実に君は生活のために働いていた。金持ちの男との出会いを求めてではなくてね。でも君は、僕との結婚より金のほうがいいと言った。僕はこの目で、世界有数の富豪で独身のアリが君に思いを寄せているのを見たが、君はダンテと結婚しようとしていた。僕なら何百回も売ったり買ったりできる男と」ジェイクはレクシーの手を取り、きらめくリングを撫《な》でた。「僕は謎《なぞ》は嫌いだ。答えがほしい。いますぐに」

「たぶん私は、お金のためにあなたのもとを去ったんじゃないんでしょう」それだけ言うのが精いっぱいだった。彼とロレインが一緒にいるのをまた目撃したいま、ほんとうの理由を話すことはできなかった。私にはプライドがある。ほかに何もなくても……。

「何年も前、僕が約束を破って君を失望させたのはわかっている。しかし君は事情を理解できるほどに大人で、僕のことも好きでいてくれると思っていた。あのときも、いまも、逃げるなんて思いもしなかったよ。説明してくれ、レクシー。僕にわからせてくれ」

　レクシーは彼を見つめた。彼は前もそんなふうに言った。でも理解できなかった。たぶん意識の底で、自分がそれほどモラルのない男を愛せるなんて信じたくなかったのだろう。レクシーは感情のこもらない声で言った。「逃げ出すべきでなかったのはわかってるわ」

「それならどうして逃げた？　一度だけでなく、二度も」

「もしイギリスにいたら、何週間かで離婚できて自由になれたのにね。それは私の人生最大の後悔よ。最初にあなたと出会ったことを別にすれば」

「続けてくれ。おもしろくなってきた」

　おもしろいですって。私の人生を破壊しておきながら、よくも……突然すべての悲しみと、すべての怒りが一気に噴き出した。

「あなたと結婚したとき、私は世間知らずのばかだった。あなたがフォレスト・マナーをほしがってるのは知ってたけど、私のことはもっとほしいのだと愚かにも思っていたわ。でもあの晩ロンドンのアパートで真実がわかった。ほんとに皮肉よね。何週間も私は流産のあとのホルモンの不調に苦しんでいた。けれどあの朝、ドクター・ベルの話を聞いて霧が晴れたの。私はほんとに久しぶりに幸せな気持ちになってロンドン行きの列車に乗ったわ。パリで結婚記念日を祝おうと、パスポートをバッグに入れて」

　ジェイクは握った手に力をこめた。

「ところが私は、あなたとあなたの恋人が裸に近い格好で話し合っているのを見た。あなたが結婚の誓いを破ったこと、自由がほしいことを、哀れな妻にどうして話そうか、どうお金で片をつけようかと冷静に討論しているのをね」

「なんだって？」ジェイクはぱっと頭を上げた。でもレクシーは彼の驚いた声を無視した。

「もちろん私は、お金を取ると言ったわ。いくらかはプライドも残っていたもの。あなたたちの未来の幸福を祝ってシャンペンを飲むほどではなかったけど。でも皮肉だわ。私は喜んで父の借金と同額であの家を売ったのに。あなたは私が欲深だと思っているようだけど、その反対で、私はものにあまり執着がないの。だから私たちの結婚は、まったく必要なかったのよ」

沈黙が広がった。暖炉の上の置時計が時を刻む音だけが聞こえる。レクシーはジェイクの顔を見た。これほど緊張した場面でなかったら、笑っていたかもしれない。彼は真っ青な顔で、口をぱくぱくさせている。雷にでも打たれたようだ。

彼に明白な事実を聞かせて何がいけないの？　長いこと主導権を握ってきたのは彼なのだから。「今回の和解に関しては、ルイージの言うとおりだわ。何も変わらない。今夜私はあなたとロレインが抱き合っているのを見た。そして気がついたの。シニョール・モニチェリとの友情は大切だけど、そのために一生を犠牲にすることはないって」

ジェイクはレクシーの肩をつかみ、その青ざめた顔を初めて見るようにまじまじと見つめた。「君は、僕が家がほしいだけだと思ったから、そして僕とロレインが浮気していると思ったから、僕のもとを去ったということか？　そうなんだね？」

「思ったんじゃないわ。知ってるのよ」

「なんてことだ。話し合う必要はあると思っていたが、まさかこんなこととは……君はそれほど僕を低く見ていたのか。レクシー、君はすべてを間違って取っているよ」

「そうは思わないけど」レクシーは立ちあがろうと

したが、ジェイクはそれを止め、小さな子供のように彼女を膝に抱いた。

「放してよ」

「じっとしてろ。そして一生に一度でいいから僕の話を聞け」言葉はきつかったが、ジェイクは妙にやさしく彼女のもつれた赤毛を顔から払い、膝に手を置いた。「君がロンドンのアパートに来た夜のことを覚えているかい？」

「ええ」彼女は短く答えた。忘れるわけがない。

「僕は君に、会話を全部聞いたのかと尋ねた。君はそうだと答えた」

「必要なだけ聞いたわ。それに、ちゃんと見た。あの人は私の部屋着を着ていたわ」

「非常に単純な理由でね。あの日ひどい嵐《あらし》になったのを覚えてないか？　おかげで僕らはずぶ濡《ぬ》れになったんだ。ロレインと僕が関係を持つなんて、金輪際あり得ない。彼女は女性のほうが好きなんだ。昔からずっと」

「なんですって？」レクシーは息をのんで彼の目を見つめた。「そんなことを信じろと言うの？」そのときハネムーンでの短い記憶がよみがえってきた。「だからロレインは恋人だったのとパリできいたとき、あなたは笑ったの？　私は何がおかしいのかわからなかったけど」

「そのとおりだ。君に話しておけばよかったんだろうが、ロレインのセクシュアルな好みは彼女の問題だと思ったから」

「でもあなたは、結婚の誓いを破ると言ったわ」

「そうじゃない。僕は、君との約束を破ると言ったんだ。君は会話の最初の部分を聞いていなかったんだね。それは僕らの結婚とは関係ない話だったんだ。それでもやはり僕の信用を損ねることではあった。フォレスト・マナーをホテルに改造したとき、君の家はずっとここだと約束したよな。でも残念なことに、それが難しくなってきてたんだ」

希望によく似た何かがレクシーの心に小さな明かりをともした。「それで?」

「あのころ不動産の価格は落ちるところまで落ちていた。僕はあるだけの金をドックランズの開発に注ぎ込んでいたしね。唯一いいニュースは、ミスター・スチュワートとの提携ができそうだったことだ。僕らが赤ん坊を失った夜、僕が一緒に食事をしていたアメリカ人だよ」ジェイクは彼女をぎゅっと抱きしめた。「子供のことでは僕も君が思う以上につらかったんだよ、レクシー」

「ええ、いまではわかっているわ」

「ともかくあの晩、ミスター・スチュワートは僕らのホテルを気に入った。でも、彼は自分の客のために部屋を幾つか借りるのでなく、ホテルを丸ごと買いたいと申し出てきた。最初は僕も抵抗したよ。君には相談はできなかった。君は体の具合が悪くて、精神的にも落ち込んでいたからね。君がアパートに来た晩、僕はロレインとフォレスト・マナーの売却計画について話し合っていたんだ。資産の一部を整理するのは健全なビジネス・センスだとわかっていたし、ホテルはいちばん切り離しやすい。現実にオファーも来ている。拒否はできなかったよ。でもそれは君との約束を破ることを意味する。僕は自分が情けなかった。でもほかに出口はない。ホテルを売れば、会社も守れるし、資金繰りの問題も解決できる」

自分の間違いの大きさに気づいて、レクシーは恐ろしくなった。「あなたは……私は……」言葉が見つからない。

ジェイクの言うことはほんとうだと思えた。すべて筋が通っている。私はジェイクが結婚の誓いを破って離婚を望んでいるのだと思い込んだ。でも彼は、必要に迫られてフォレスト・マナーを売らなければならないと私に言うのを恐れていただけなのだ。もし私が流産のことであれほど落ち込んでいなければ、もっと状況をつかんでいただろう。思い返せば事業が難しい局面に来ていることを、彼は幾度もほのめかしていた。けれど妊娠中は私に心配をかけたくなかったのだろうし、そのあと私は悲しみに暮れていて彼の話を聞いていなかった。

「五年も……誤解しあったまま……」なんてことだろう！　もう少し待って、彼の説明を聞いていたら……。レクシーはふと別のことを思いついた。「父の負債は、最終的にどのくらいだったの？」当時は尋ねたことがなかった。

「君は知らなくていい」

「お願い。もし私たちの結婚から何かを生み出そうとするなら、私たちのあいだには真実が必要だわ」

「真実。僕は、僕らの結婚のためならどんなことでもするよ、レクシー」ジェイクは語気を強め、彼女の唇にすばやくキスをした。レクシーは彼にもたれてリラックスしたが、彼が金額を口にしたとたん、体をこわばらせた。

「なんですって！　そんなに？」

「そう。だけど心配しなくていい。いまなら簡単に払える額だ。でもあのころは危なっかしかった。だからあの晩、君がすべてを聞いて了解したと聞いたときは心からほっとして、シャンペンで祝おうと言ったんだよ。君が金を受け取る、二度と僕には会わないと言ったときは信じられなかった。やっぱりロレインの言ったとおり君は金目当てだったんだと思って、君を怒鳴りつけもした。でも、希望は失わなかったよ。君は僕のところに戻ってくると思っていたんだ。忍耐強くいろと僕は自分に言い聞かせた。彼女はまだショックから立ち直っていない。休暇を取らせてあげようじゃないかと。時がたち君を永遠に失ったのだとようやくわかったときは、結局ロレインは正しかったのだと結論づけた。君は金だけが大事だったんだと」

彼は苦しげに顔をゆがめた。レクシーは彼の頬をそっと撫でた。「お金はどうでもいいし、家だってそれほど気にしてなかった。私がほしかったのはあなただけよ、ジェイク。私はあなたを愛していた。あなたは私のすべてだった。あなたがそうしろと言えばテントでだって暮らしたわ」

「過去形なのか、レクシー？　僕は君を愛している。これまでもずっと。君のいない五年間は地獄だった。もう一度君の愛を得る努力をしたいんだ。チャンスをくれるかい？　お願いだ、レクシー」

小さな希望の火が大きな炎になった。傷つきやすい、愛を求めるジェイクの姿を見ることがあるなんて、夢にも思わなかった。レクシーは彼を信じたいと思った。でも、まだ一つの疑惑が残っている。

「さっき、ロレインはあなたの腕に抱かれていた。私は見たのよ、ジェイク。ほんとうに彼女とは……」

ジェイクはレクシーを抱きしめた。「ホテルのフロントで、君とロレインが一緒にいるのを見た。彼女が肩をつかんで君を傷つけたことは許せない。でも、もっと正直に言えば、ロレインが君を見るときの目に、僕ははらわたをかきむしられるほどのジェラシーを感じたんだよ。君とダンテが一緒にいるのを見たときと同じように」

「ロレインが私に気があるって言いたいの？」レクシーはその途方もない考えに笑い出した。けれどジェイクの言葉にそれほど動揺はしなかった。ロレインと話すといつもどことなく体がぞくりとしたものだったから。

「わからない。でも危険は冒したくない」

「だけどあなたは、ロレインは自分の愛人だと認めたようなことを言ったでしょう」

「あれは自己防衛だよ。僕はプライドが高いというわけではないが、君がダンテといるのを見て、僕にも相手がいると思わせたくなったんだ。ほんとうは、この五年間で僕が寝たのは君だけだ」

「でも、私はあなたが彼女にキスするのを見たわ、ジェイク」

「そうじゃない。疑いが残らないように、君にロレインのことを全部話すよ。ロレインのビジネスの手腕は認めるが、彼女が君を傷つけるのを手をこまねいて見ているつもりはない」

「ロレインは私を好いてはくれなかったけど、傷つけたことはないわ」レクシーは正直に言った。

「やさしいんだな」ジェイクは彼女の額にすばやくキスをした。「僕は同情と、十代のころのばかげた罪の意識に目をくらまされて、ロレインの妄念に取りつかれたような性格を直視してなかったんだ」

罪の意識という言葉に、レクシーは緊張した。ジェイクとロレインのあいだには、やっぱり何かあったのかしら。

「十六歳のとき、ロレインと僕は同級生だった。でも彼女は友達ではなかった。実際のところ彼女の唯一の友達はパットという女の子だった。二人ともすごい美人だったが、決して男の子とデートしなかった。僕らはレズだなんてからかったものだったよ。十代の男の子なんて容赦がないからね。もっとも彼女たちも堂々とそれを認めていたが。ロレインの父親が彼女と母親を殴るというのも、また周知の事実だった。ロレインはよく目のまわりを黒くして学校に来ていた」

「まあ、かわいそうに」

「そうなんだ。それから何年かしてロレインが僕の会社に求職してきたとき、僕は高校時代彼女を無神経にからかったことを思い出して罪の意識にかられた。友達のパットが何カ月か前に交通事故で死んだと聞いて、同情もした。それと、前の秘書が僕に勝手に熱を上げて、泣いて辞めていったといういきさつがあったものだから、ロレインなら一日中僕に色目を使うこともないだろうと考えた。だから、僕は彼女を採用した。以来、彼女は熱心に仕事をこなしてきた。でも、彼女があまりに野心的になりすぎたことに、今夜僕はようやく気づいたよ。あるいは自分の地位を守ろうとしすぎたというほうが当たっているかもしれない。病院からの伝言を僕に伝えなかったとき、彼女を辞めさせるべきだったと思う。でもこれは典型的な男の傲慢《ごうまん》さだが、僕はこのかわいそうな女を理解できると思ったんだね。父親に虐待されたら、こんなふうになるのは無理もないと。いまでは心理分析は専門家に任せるべきだったとわかる。でも当時は、そういう家庭の出なら、病院からの伝言を忘れても無理はないと考えた。彼女にとって家庭生活というのはなんの意味もないものだろうから。けれどいまになってみると、なぜ僕はあれほどばかだったのかと思う。性的指向や家庭環境がどうであれ、男でも女でも、そういう重要な伝言を受けたら決して忘れない。ロレインはわざとやったんだ。ほんとにすまなかったと思ってるよ、レクシー。僕はどうかしていた」

ロレインが故意に伝えなかったのではないかと、レクシーも当時は思っていた。でも体も不調で気分も落ち込んでいたから、それを問題にしなかったのだ。

「さっきロビーで君が見たのは、われわれの別れだったんだよ。僕はロレインにニューヨーク支社への転勤を命じた。昇進というよりはむしろ降格だが、もし気に入らなかったらほかで仕事を探してくれと言ったら彼女は受け入れた。もう何年も僕は、彼女の有能さにばかり目がいって、彼女が僕の私生活に首を突っ込みすぎていることに気がつかなかった。

あのときロレインはさよならのキスをしたんだ。でも誓って言うが、これほど彼女と近づいたのは長年のあいだで初めてだし、キスも頬にしただけだ。信じてくれるだろう、レクシー？」

「ええ、ええ、信じるわ」真実でなければ、あまりに信じがたい話だと思う。

「今日ナポリで、僕はフォレスト・マナーを買い戻す契約にサインした。これで君の家を取り戻すことができるよ、レクシー。僕は君のほしいものなら、なんだって手に入れる。もし僕のそばにいてくれれば、また愛してもらえる自信はある。チャンスさえくれるなら」

レクシーは涙をいっぱいためた目で彼を見つめた。

「チャンスなんて必要ないわ、ジェイク。私はもうとっくに、あなたを愛してるもの。あなたが嫌いだと思っていたころもずっと、愛していたわ。あなただけがいれば充分なの」

「ありがたい」ジェイクはこのうえなくやさしい、あらゆる約束に満ちたキスをした。「白状すれば、ほかにも魂胆があったんだ。ピッコロ・パラディーゾと一緒にホテル・チェーンを成功させて、君に総支配人になってもらおうと。もし君の愛を得られなくても、仕事で君の興味を引いておけば、ずっとそばに置いておけると思ってね」

レクシーはうれしそうに笑った。世界一の男性優位主義者だと思っていたジェイクが、愛だけでなくキャリアまで差し出してくれている。「愛してるわ、ジェイク・テイラー。魂胆があっても許してあげる」

「ダーリン、レクシー。僕の奥さん。君を愛してる。二度と君を失望させないよ。約束する」それから、彼はレクシーを完全に納得させることに専心した。

気がつくとレクシーはいつのまにかソファに横たわり、ジェイクがその上におおいかぶさっていた。

彼は妙に真剣な顔で、レクシーの白い顔を見つめた。

「僕を信じてくれるね、レクシー？　信じてもらうことが僕には必要だ」

「ええ、私の愛する人」彼女はジェイクの顔を両手ではさんだ。「ごめんなさい。全部私のせいだわ。もし私がもっとあなたを信じてたら、五年という年月を無駄にしないですんだのに」

「それじゃ、もう無駄にするのはやめよう」ジェイクはささやいて、長い指で胸のやわらかなカーブをなぞった。でもレクシーはその手を止めた。

当時の自分の気持ちをもっとジェイクに知ってもらいたくなったのだ。「私は赤ちゃんを亡くしたことで罪の意識を感じていて、幸せになる資格がないような気がしてたの。とても混乱していた。あなたとロレインを見たのが最後のとどめを刺したのね。別れてからずっと、あなたを憎んでると自分に言い聞かせていた。赤ちゃんを亡くしたのも、この結婚が正しくないということの暗示だと思ってしまった」

「違うよ、レクシー。そんなふうに考えるな。自分を責めてはいけない。だれかのせいだとすれば、それは僕だよ。僕は君が欲深女だと決めつけ、君を追い払ってよかったと思った。カール・ブラッドショーに写真を見せられたときも、やっぱりと思った。カールは君がそこで働いていると言わなかったから、僕は、君が高級ホテルに泊まって金持ちの男を探してるんだと思った。それでもホテルに電話して、ミセス・テイラーを呼んでくれと言わずにはいられなかった。そういう客はいないと言われたときは、君がもう出発したあとで、いまも別の金づるを探してるんだろうと勝手に決めつけた」

「ホテルのお客！　でもあなたは、私の居場所をずっと知っていたと言ったじゃない」

「あれはちょっと誇張してたんだ。実際は、カールに君のことをきけなかった。彼が君のことを思い出して、また君にモーションをかける気になったらたいへんだと思ってね。十カ月前に彼が無事結婚したのでようやく、もう一度彼に君のことをきいた。そのとき初めて、君がホテルで働いていることを知った。僕はすぐに確かめたよ。今度はテイラーとロートンと両方の名前で。そして君がまだピッコロ・パラディーゾで働いているのを知って、すぐにナポリに飛び、この別荘を買った」

「買った？　お父さんから譲られたんじゃ……」

「嘘《うそ》をついたんだ」ジェイクは少しだけ恥ずかしそうにした。「君がイタリアにいるとわかって、君のそばにいるために即、家を買ったなんて認めたくなかったからね」

「ジェイク……」

「君を愛してなんかいない、君にはそんな値打ちがないと、ずっと思おうとしてきた。でもやっぱり君が忘れられなかった。君に会いたくて何度ホテルの前を車で通ったことか。だけどそのあいだも、君を憎んでいると自分には言い聞かせた。僕にこれだけの苦しみを与えた償いをさせるんだと」

「だから脅迫したのね。ほんとうはシニョール・モニチェリとの契約から手を引くつもりなんてなかったんでしょう」

「ない。彼は君をずっと安全な場所に置いておいてくれたんだからね。でも焦ったよ。君にダンテという恋人がいて真剣なつき合いになりつつあったから。時間切れが迫っていた。最後の一撃は、君が離婚を求めているという弁護士からのファックスだった。僕は、いますぐ行動しなければ君を永久に失うと知った」

「あり得ないわ。あなたを愛しすぎているから」

「やっと信じられるようになってきたよ」ジェイクは頭を下げてキスをしようとした。

「待って。あなたはイタリア語をしゃべるでしょう。あなたのお父さんはイタリア人だったの？」

ジェイクはにやりとした。「イタリア語の速成コースに通ったんだよ。君がそんなにイタリアが好きなら、僕も覚えようと思ったんだ。それにイタリア人とのハーフのほうが君に受けるなら、それもいいだろうと」

レクシーは怒れなかった。むしろ彼がそこまでしてくれたと思うと顔がほころんだ。「あなたが私のものであるかぎり、私はどっちでもいいわ」

「僕は君のものだよ。これからもずっと」ジェイクはレクシーを抱き寄せた。「君をソファでは抱きたくない。今日はお祝いだ——シャンペンと主寝室でなくては」

「でも、あなたは私と寝てくれるのかしら」彼女は首をかしげて小さな笑みを浮かべた。でも答えを待つあいだ、息を止めていた。

「前はその勇気がなかった。君への愛をさらけ出してしまいそうで。だがいまは、君と一緒に寝て、食べて、飲むつもりだよ。いまはもう二度と君を僕のベッドから出したくない気持ちだ」

最後の懸念がなくなった。「約束ね」彼女は言った。ジェイクは彼女を抱きあげ、ベッドに運んでそっと下ろした。「愛してるわ、ジェイク」

「僕は君にふさわしくない。君は内面も外面も美しい。でも誓って言うよ。何事にも、何者にも僕らの仲を裂かせない。この世界と次の世界を賭《か》けて、僕を信じてくれていい」

「あなたが私の世界よ」彼女はささやき返した。

それから二人は抱き合い、笑い合い、焦《じ》らし合い、愛し合った。ようやくすべてから解放され、心おきなく愛を祝うことができるのだ。そして最後に二人は熱狂的な愛の歓呼のなかに、身も心も一つになった。

月曜の朝、ジェイクはレクシーの肩を抱いて、ナポリ空港の税関の事務官をにらんでいた。

「この遅れようは絶望的だね。ポンペイのガイドは正しいよ。何も変わらない。人間が石になったと聞いても僕は驚かないよ。この調子だと火山が爆発したかどうか決めるのにも午後いっぱいかかるんじゃないか。この男、さっきから十分もパスポートをながめてるぞ」

「まあ、ジェイク、そんな意地悪を言うものじゃないわ。この一日半をベッドで過ごした人に、そんなことを言う資格はないわよ」レクシーはくすくす笑った。

「協力者があったからね」ジェイクはいとしげに彼女を見下ろした。「君への愛がずっと変わらないのはほんとうだ」

税関の事務官はパスポートを返し、レクシーに、にっこり笑いかけた。「いい旅を、お嬢さん」

レクシーもにこやかな笑顔を返したが、ジェイクは不機嫌だった。

「変えなきゃならないものもある。君のいまいましいパスポートもそのうちの一つだ。よその男が僕の妻を独身だと考えて、色目を使うのには我慢ができない」

「そうね、ジェイク」レクシーはおとなしく同意しながら、愛らしい目をひそかに輝かせた。当然だ。彼女にはすべてがあるから。愛する男、もしかしたら赤ちゃん、そして望むならすばらしいキャリアが、未来に待ち受けているのだから。

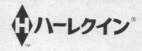

ハーレクイン・ロマンス　2001 年 10 月刊（R-1713）

君を取り戻すまで

2024 年 4 月 20 日発行

著　者　ジャクリーン・バード
訳　者　三好陽子（みよし　ようこ）

発行人　鈴木幸辰
発行所　株式会社ハーパーコリンズ・ジャパン
東京都千代田区大手町 1-5-1
電話 04-2951-2000（注文）
0570-008091（読者ｻｰﾋﾞｽ係）

印刷・製本　大日本印刷株式会社
東京都新宿区市谷加賀町 1-1-1

ISBN978-4-596-53847-5 C0297

4月26日発売 ハーレクイン・シリーズ 5月5日刊

ハーレクイン・ロマンス
愛の激しさを知る

独りぼっちで授かった奇跡　ダニー・コリンズ／久保奈緒実 訳　R-386

億万長者は天使にひれ伏す《純潔のシンデレラ》　リン・グレアム／八坂よしみ 訳　R-387

霧氷《伝説の名作選》　ベティ・ニールズ／大沢　晶 訳　R-387

ギリシアに囚われた花嫁《伝説の名作選》　ナタリー・リバース／加藤由紀 訳　R-387

ハーレクイン・イマージュ
ピュアな思いに満たされる

生まれくる天使のために　タラ・T・クイン／小長光弘美 訳　I-280

けなげな恋心《至福の名作選》　サラ・モーガン／森　香夏子 訳　I-280

ハーレクイン・マスターピース
世界に愛された作家たち
～永久不滅の銘作コレクション～

情熱は罪《特選ペニー・ジョーダン》　ペニー・ジョーダン／霜月　桂 訳　MP-9

ハーレクイン・ヒストリカル・スペシャル
華やかなりし時代へ誘う

路地裏をさまよった伯爵夫人　アニー・バロウズ／琴葉かいら 訳　PHS-32

ふたりのアンと秘密の恋　シルヴィア・アンドルー／深山ちひろ 訳　PHS-32

ハーレクイン・プレゼンツ作家シリーズ別冊
魅惑のテーマが光る
極上セレクション

秘密の妻　リン・グレアム／有光美穂子 訳　PB-38

※予告なく発売日・刊行タイトルが変更になる場合がございます。ご了承ください。